Direitos Autorais 1899 de L. Frank Baum
e John R. Neill.
Todos os direitos reservados.
Copyright © 2021 by Editora Pandorga

DIREÇÃO EDITORIAL
Silvia Vasconcelos

PRODUÇÃO EDITORIAL
Equipe Pandorga

TRADUÇÃO
Ana Paula Mello

REVISÃO
Gabriela Peres Gomes
Carla Paludo

Texto de acordo com as normas do Novo
Acordo Ortográfico da Língua Portuguesa
(Decreto Legislativo nº 54, de 1995)

ILUSTRAÇÃO
John R. Neill

CAPA E DIAGRAMAÇÃO
Lumiar Design

Dados Internacionais de Catalogação na Publicação (CIP) de acordo com ISBD

B347e   Baum, L. Frank

A estrada para Oz / L. Frank Baum ; traduzido por Ana Paula
Rezende ; ilustrado por John R. Neill. - Cotia : Pandorga, 2021.
264 p. : il. ; 14cm x 21cm.

Inclui índice.
ISBN: 978-65-5579-112-9

1. Literatura infantojuvenil. 2. Literatura americana. 3. Ficção. I.
Rezende, Ana Paula. II. Neill, John R. III. Título.

2021-3212   CDD 028.5
                                                         CDU 82-93

Elaborado por Vagner Rodolfo da Silva - CRB-8/9410

Índice para catálogo sistemático:
1. Literatura infantojuvenil 028.5
2. Literatura infantojuvenil 82-93

2021
IMPRESSO NO BRASIL
PRINTED IN BRAZIL
DIREITOS CEDIDOS PARA ESTA EDIÇÃO À
EDITORA PANDORGA
RODOVIA RAPOSO TAVARES, KM 22
CEP: 06709015 – LAGEADINHO – COTIA – SP
TEL. (11) 4612-6404

WWW.EDITORAPANDORGA.COM.BR

A ESTRADA PARA OZ

L. FRANK BAUM

A ESTRADA PARA
OZ

Ilustrações de
John R. Neill

PandorgA

A ESTRADA PARA OZ

Onde é narrado como Dorothy Gale, do Kansas, o Homem-Farrapo, o Botão-Brilhante e Policromia, a filha do Arco-Íris, se conheceram em uma estrada encantada e seguiram por ela até chegarem ao Maravilhoso Mundo de Oz.

Escrito por L. Frank Baum, "Historiador Real de Oz".

SUMÁRIO

CAPÍTULO 1 – O caminho para Butterfield...................11
CAPÍTULO 2 – Dorothy conhece o Botão-Brilhante..................25
CAPÍTULO 3 – Uma vila estranha................................33
CAPÍTULO 4 – O rei Dox.......................................45
CAPÍTULO 5 – A filha do Arco-Íris............................59
CAPÍTULO 6 – A cidade das bestas.............................67
CAPÍTULO 7 – A transformação do Homem-Farrapo...............77
CAPÍTULO 8 – O músico..93
CAPÍTULO 9 – Enfrentando os Scoodlers......................103
CAPÍTULO 10 – Fugindo do caldeirão de sopa.................113
CAPÍTULO 11 – Johnny, o Fazedor, realmente faz.............127

CAPÍTULO 12 – A travessia do Deserto da Morte......................139

CAPÍTULO 13 – O Lago da Verdade......................................145

CAPÍTULO 14 – Tik-Tok e Billina..155

CAPÍTULO 15 – O castelo de lata do imperador.......................165

CAPÍTULO 16 – Visitando o campo de abóboras.....................173

CAPÍTULO 17 – A chegada da carruagem real........................179

CAPÍTULO 18 – A Cidade das Esmeraldas.............................189

CAPÍTULO 19 – As boas-vindas do Homem-Farrapo...............199

CAPÍTULO 20 – A princesa Ozma de Oz................................207

CAPÍTULO 21 – Dorothy recebe os convidados......................217

CAPÍTULO 22 – A chegada de convidados importantes...........229

CAPÍTULO 23 – O grande banquete.....................................243

CAPÍTULO 24 – A comemoração de aniversário.....................249

PARA OS MEUS LEITORES

Bem, meus queridos, aqui está o que vocês pediram: mais um "livro de Oz" sobre as excêntricas aventuras de Dorothy. Totó está presente nesta história, pois vocês queriam muito que ele fizesse parte dela, assim como muitos outros personagens que vocês reconhecerão. Aliás, os desejos de meus pequenos correspondentes foram considerados da maneira mais cuidadosa possível, e se a história não for exatamente igual à que vocês próprios escreveriam, vocês devem se lembrar de que uma história precisa ser uma história antes de ser escrita, e o escritor não pode mudar muita coisa sem danificá-la.

No prefácio de *Dorothy e o Mágico de Oz* eu disse que gostaria de escrever algumas histórias que não fossem sobre Oz, pois achei que já tinha escrito muito sobre Oz, mas desde que aquele volume foi publicado, tenho recebido muitas cartas de crianças implorando para que eu "escreva mais sobre Dorothy" e "mais sobre Oz", e como escrevo apenas para agradar as crianças, vou tentar respeitar seus desejos.

Neste livro há alguns personagens novos que devem agradar vocês. Eu mesmo gosto muito do Homem-Farrapo, e acho que vocês gostarão dele também. Já Policromia – a filha do Arco-Íris – e o pequeno e ignorante Botão-Brilhante parecem ter trazido um novo elemento de diversão para essas histórias de Oz, e estou feliz por tê-los descoberto. Já estou ansioso pelas cartas de vocês me contando se gostaram deles.

Desde que este livro foi escrito, recebi algumas notícias importantes da Terra de Oz que me deixaram bastante surpreso. Acredito que elas vão surpreender vocês também, meus queridos, quando as ouvirem. Mas é uma história tão longa e emocionante que acho que ela deve ser guardada para um outro livro – e talvez este outro livro seja a última história que será contada sobre a Terra de Oz.

L. Frank Baum
Coronado, 1909.

CAPÍTULO 1
O CAMINHO PARA BUTTERFIELD

— Por favor, senhorita — disse o Homem-Farrapo —, você pode me dizer onde fica o caminho para Butterfield?

Dorothy olhou para ele. Sim, ele era mesmo desarrumado, mas havia um brilho em seus olhos que a agradava.

— Ah, sim — respondeu ela —, eu posso lhe dizer. Mas não chega a ser um caminho.

— Não?

— Atravesse aquele terreno de quatro hectares, siga a estrada até a rodovia, vá para o norte até onde a rodovia se divide em cinco estradas e pegue, deixe-me ver...

— Claro, senhorita, veja até chegar a Butterfield, se quiser — disse o Homem-Farrapo.

— Pegue o caminho ao lado do toco do salgueiro, eu acho, ou então a saída onde estão os buracos dos esquilos, ou então...

— Não pode ser qualquer uma delas, senhorita?

— Claro que não, Homem-Farrapo. Você precisa pegar o caminho certo para chegar a Butterfield.

— E o caminho certo é aquele do buraco dos esquilos ou...

— Ó céus! — exclamou Dorothy. — Acho que vou precisar mostrar o caminho para você, você é tão burro. Espere um minuto. Vou até em casa pegar minha touca.

O Homem-Farrapo esperou. Ele tinha um pedaço de palha na boca, que mastigava devagar, como se fosse saborosa. Mas não era. Havia uma macieira ao lado da casa e algumas maçãs estavam caídas no chão. Como o Homem-Farrapo achou que elas seriam mais gostosas do que o pedaço de palha, foi até a árvore pegar algumas. Um cachorrinho preto com olhos castanhos brilhantes saiu correndo da casa da fazenda e correu alucinado na direção do Homem-Farrapo, que já havia pegado três maçãs e as havia colocado em um dos grandes bolsos de seu casaco pulguento. O cachorrinho latiu e avançou na perna do Homem-Farrapo, mas o homem o pegou pelo pescoço e colocou-o em seu grande bolso, junto com as maçãs. Depois disso, pegou mais maçãs, pois havia muitas no chão, e cada uma que ele jogava dentro do bolso batia na cabeça ou nas costas do cachorrinho, que rosnava. O nome do cachorrinho era Totó, e ele estava triste por ter sido colocado dentro do bolso do Homem-Farrapo.

Logo Dorothy saiu da casa com sua touca e gritou:

— Venha, Homem-Farrapo, se quiser que eu lhe mostre o caminho para Butterfield.

Ela subiu na cerca e pulou no terreno de quatro hectares. O homem foi atrás dela, andando devagar e tropeçando nos morrinhos do pasto como se estivesse pensando em alguma outra coisa e não percebesse a existência deles ali.

— Nossa, mas você é muito desajeitado! — disse a garotinha. — Seus pés estão cansados?

— Não, senhorita, o problema são as minhas costeletas. Elas se cansam muito neste clima quente — disse ele. — Eu queria que estivesse nevando, você não?

— Claro que não, Homem-Farrapo — respondeu Dorothy, lançando um olhar severo na direção dele. — Se nevasse em agosto, a neve acabaria com o milho, a aveia e o trigo, e então o Tio Henry não teria a colheita, e isso o deixaria pobre, e...

— Deixa pra lá — disse o Homem-Farrapo. — Acho que não vai chover. Essa é a estrada?

— Sim — respondeu Dorothy, escalando outra cerca. — Vou com você até a rodovia.

— Muito obrigado, senhorita. Você com certeza é uma pessoa muito gentil para o tamanho que tem — disse ele, agradecido.

— Não é todo mundo que conhece o caminho para Butterfield — observou Dorothy enquanto caminhava pela pista —, mas já fui até lá muitas vezes com o Tio Henry, e por isso acho que consigo chegar ao lugar de olhos fechados.

— Não faça isso, senhorita — disse o Homem-Farrapo com seriedade —, você pode se enganar.

— Não farei — disse ela, rindo. — Aqui está a rodovia. Agora é a segunda, não, a terceira curva à esquerda, ou é a quarta. Deixe-me ver. A primeira é no olmeiro, e a segunda é nos buracos do esquilo, e então...

— Então o quê? — perguntou ele, colocando as mãos nos bolsos do casaco.

Totó mordeu o dedo do homem, que tirou a mão do bolso rapidamente e disse "Ai!".

Dorothy não percebeu. Ela estava protegendo os olhos do sol com o braço, olhando com ansiedade para a estrada.

— Venha — ordenou ela. — Falta só mais um pouco, então eu mesma vou mostrar o caminho para você.

Depois de um tempo eles chegaram a um lugar de onde cinco estradas surgiam e iam para direções diferentes. Dorothy apontou para uma delas e disse:

— É por aqui, Homem-Farrapo.

— Muito obrigado, senhorita — disse ele, pegando outra direção.

— Não é por aí! — gritou ela. — Você está indo pelo caminho errado.

Ele parou.

— Achei que você tinha dito que aquela outra estrada era o caminho para Butterfield — disse ele, passando os dedos em suas costeletas desgrenhadas, com um ar intrigado.

— E é verdade.

— Mas eu não quero ir para Butterfield, senhorita.

— Não?

— Eu queria que você me mostrasse o caminho para que eu não fosse para lá por engano.

— Ah! E para onde você quer ir, então?

— Para nenhum lugar em especial, senhorita.

Aquela resposta espantou a garotinha e a deixou curiosa, também, pensar que ela havia tido todo aquele trabalho para nada.

— Tem várias estradas boas por aqui — observou o Homem-Farrapo, virando-se devagar, como se fosse um moinho humano. — Me parece que alguém poderia ir para qualquer lugar a partir daqui.

Dorothy virou-se também e olhou surpresa. Havia muitas boas estradas, mais do que ela já havia reparado antes. Tentou contá-las, sabia que deveria ter cinco, mas quando chegou ao número dezessete ficou perplexa e parou, pois eram tantas estradas quanto os raios de uma roda de bicicleta e saíam em todas as direções a partir do lugar onde ela estava, então, se ela continuasse contando, certamente contaria alguma das estradas mais de uma vez.

— Meu Deus! Havia apenas cinco estradas, rodovias e tudo o mais. E agora, ora, onde está a rodovia, Homem-Farrapo?

— Não sei dizer, senhorita — respondeu ele, sentando-se no chão como se estivesse cansado de ficar em pé. — Ela não estava aqui há um minuto atrás?

— Achei que sim — respondeu ela, bastante perplexa. — E vi os buracos de esquilo também, e o toco, mas eles não estão aqui agora. Essas estradas são estranhas. E tem muitas delas aqui! Para onde você acha que elas vão?

— Estradas — observou o Homem-Farrapo — não vão a lugar algum. Elas ficam paradas para que os camaradas andem por elas.

Ele colocou a mão no bolso e pegou uma maçã rapidamente, antes que Totó pudesse mordê-lo de novo. O cachorrinho colocou a cabeça para fora desta vez e disse "Au-au!" tão alto que Dorothy deu um pulo.

— Ah, Totó! — exclamou ela. — De onde você surgiu?

— Eu o trouxe comigo — disse o Homem-Farrapo.

— Para quê? — perguntou ela.

— Para vigiar essas maçãs que estão no meu bolso, senhorita, assim ninguém poderia roubá-las.

O Homem-Farrapo segurou a maçã com uma mão e começou a comê-la enquanto com a outra mão tirava Totó do bolso e o jogava no chão. É claro que Totó correu rapidamente na direção de Dorothy, latindo com alegria por estar livre do bolso escuro. Depois que a criança acariciou sua cabeça com amor, ele se sentou na frente dela, com a língua vermelha pendurada para fora de um lado da boca, e olhou para o seu rosto com seus olhos castanhos brilhantes, como se estivesse perguntando para ela o que deveriam fazer agora.

Dorothy não sabia. Olhou para os lados ansiosa, procurando por um ponto de referência, mas tudo era estranho. Entre os caminhos das várias estradas havia campos verdes e algumas árvores e arbustos, mas ela não conseguia ver a casa da fazenda de onde ela partira em lugar algum, nem nada que já houvesse visto antes, com exceção do Homem-Farrapo e de Totó. Além disso, ela havia girado e girado tantas vezes tentando descobrir onde estava que agora não sabia nem dizer em que direção a casa da fazenda deveria estar, e isso começou a preocupá-la e a deixá-la ansiosa.

— Estou com medo, Homem-Farrapo — disse ela, com um suspiro. — Acho que estamos perdidos!

— Não precisa ter medo — respondeu ele, jogando fora o miolo da maçã e começando a comer outra.

— Cada uma dessas estradas deve levar a algum lugar, ou não estariam aqui. Então, qual é o problema?

— Eu quero voltar para casa — disse ela.

— Oras, e por que não volta? — disse ele.

— Não sei qual estrada seguir.

— Isso é muito ruim — disse ele, sacudindo sua cabeça desgrenhada com seriedade. — Gostaria de poder ajudar você, mas não posso. Não conheço este lugar.

— Parece que eu também não — disse ela, sentando-se ao lado dele. — É engraçado. Há alguns minutos, eu estava em casa e vim até aqui só para mostrar a você o caminho para Butterfield.

— Para que eu não cometesse um erro e fosse parar lá.

— E agora eu é que estou perdida e não sei como voltar para casa!

— Coma uma maçã — sugeriu o Homem-Farrapo, entregando para ela uma com a casca bem vermelha.

— Não estou com fome — disse Dorothy, recusando-a.

— Mas talvez você sinta fome amanhã, e então vai se arrepender por não ter comido a maçã — disse ele.

— Se eu sentir fome amanhã, comerei a maçã — observou Dorothy.

— Talvez não tenha mais maçã amanhã — respondeu ele, começando a comer a maçã que havia oferecido a ela. — Às vezes os cachorros conseguem encontrar o caminho de casa melhor do que as pessoas — continuou ele —, talvez o seu cachorro possa levá-la de volta para a fazenda.

— Você pode me levar, Totó? — perguntou Dorothy.

Totó abanou o rabo vigorosamente.

— Tudo bem — disse a garota —, vamos para casa.

Totó olhou para os lados por um minuto e saiu correndo por uma das estradas.

— Adeus, Homem-Farrapo — gritou Dorothy, e então saiu correndo atrás de Totó.

O cachorrinho saiu pulando rapidamente pelo caminho, mas de repente virou-se e olhou para sua dona com ar questionador.

— Ah, não espere que eu diga nada a você. Eu não conheço o caminho — disse ela. — Você vai ter que encontrá-lo sozinho.

Mas Totó não conseguiu. Ele abanou o rabo, farejou, balançou as orelhas e voltou para onde haviam deixado o Homem-Farrapo. Ali ele entrou em uma nova estrada, então, voltou e tentou outra, mas em todas as vezes ele achou que o caminho era estranho e que não os levaria de volta para a fazenda. Por fim, quando Dorothy começou a se cansar de andar atrás dele, Totó sentou-se ofegante ao lado do Homem-Farrapo e desistiu.

Dorothy sentou-se também, bastante pensativa. A garotinha havia enfrentado algumas aventuras estranhas desde que viera morar na fazenda, mas esta era a mais estranha de todas. Afinal, perder-se em quinze minutos, tão perto de casa, no estado tão sem graça do Kansas, era uma experiência que realmente a impressionava.

— Os seus parentes vão ficar preocupados? — perguntou o Homem-Farrapo, piscando os olhos de maneira agradável.

— Acho que sim — respondeu Dorothy com um suspiro. — O Tio Henry diz que sempre tem alguma coisa acontecendo comigo, mas eu sempre volto em segurança para casa. Então talvez ele fique tranquilo e pense que voltarei em segurança para casa desta vez também.

— Tenho certeza de que voltará — disse o Homem-Farrapo, sorrindo para ela. — Garotinhas boas nunca se dão mal, sabe. Da minha parte, sou bom também. Então nada me atinge.

Dorothy olhou para ele com curiosidade. Suas roupas eram surradas, suas botas desgastadas e cheias de furos, e seu cabelo e costeletas eram desgrenhados. Mas seu sorriso era doce e seus olhos gentis.

— Por que você não queria ir para Butterfield? — perguntou ela.

— Porque lá mora um homem que me deve quinze centavos. Se eu fosse para Butterfield e ele me visse, ia querer me pagar. Eu não quero dinheiro, minha querida.

— Por que não? — perguntou ela.

— O dinheiro deixa as pessoas convencidas e arrogantes — disse o Homem-Farrapo. — Eu não quero ser convencido nem arrogante. Tudo o que eu quero é que as pessoas me amem, e, enquanto eu tiver o Ímã do Amor, todas as pessoas que eu conhecer certamente irão me amar bastante.

— O Ímã do Amor! Ora, o que é isso?

— Eu te mostro, se você não contar para ninguém — respondeu ele, com a voz baixa e misteriosa.

— Não tem ninguém aqui para quem eu possa contar, além de Totó — disse a garota.

O Homem-Farrapo procurou com cuidado dentro de um bolso, depois, de outro, e em um terceiro bolso. Por fim, ele pegou um pequeno pacote embrulhado em um papel amassado e preso com uma fita de algodão. Desamarrou a fita, abriu o pacote e pegou um pedaço de metal em forma de ferradura. Era opaco e marrom, e não era muito bonito.

— Isso, minha querida — disse o homem, de maneira imponente —, é o maravilhoso Ímã do Amor. Quem me deu foi um esquimó das Ilhas Sanduíche – onde não há sanduíche algum –, e, enquanto eu carregar esse ímã, qualquer ser vivo que eu encontrar me amará profundamente.

— Por que o esquimó não ficou com ele? — perguntou ela, olhando para o Ímã com interesse.

— Ele se cansou de ser amado e queria que alguém o detestasse. Então ele me deu o Ímã e no dia seguinte um urso pardo o devorou.

— E então ele não se arrependeu? — perguntou ela.

— Ele não disse — respondeu o Homem-Farrapo, embrulhando e amarrando o Ímã do Amor com bastante cuidado para depois guardá-lo em outro bolso. — Mas o urso não pareceu nem um pouco arrependido — acrescentou ele.

— Você conhecia o urso? — perguntou Dorothy.

— Sim, nós costumávamos jogar bola juntos nas Ilhas Caviar. O urso me amava porque eu estava com o Ímã do Amor. Eu não pude culpá-lo por comer o esquimó, pois é da natureza do urso fazer isso.

— Um dia — disse Dorothy —, conheci um Tigre Faminto que desejava comer bebês gordinhos, pois era da natureza dele fazer isso, mas ele nunca comeu nenhum bebê porque ele tinha Consciência.

— Esse urso — respondeu o Homem-Farrapo, com um suspiro — não tinha Consciência.

O Homem-Farrapo ficou em silêncio por vários minutos, parecendo pensar nos casos do urso e do tigre, enquanto Totó o observava com bastante interesse. O cachorrinho, com certeza, estava pensando em sua viagem no bolso do Homem-Farrapo e pretendia ficar longe do alcance dele no futuro.

Por fim o Homem-Farrapo se virou e perguntou:

— Qual é o seu nome, garotinha?

— Meu nome é Dorothy — disse ela, levantando-se de novo —, mas o que vamos fazer? Não podemos ficar aqui para sempre.

— Vamos pegar a sétima estrada — sugeriu ele. — Sete é o número da sorte para garotinhas chamadas Dorothy.

— A sétima a partir de onde?

— A partir de onde começarmos a contar.

Então ela contou sete estradas e a sétima se parecia exatamente com as outras, mas o Homem-Farrapo levantou-se e seguiu por essa estrada com a certeza de que este era o melhor caminho a seguir. E Dorothy e Totó foram atrás dele.

CAPÍTULO 2
DOROTHY CONHECE O BOTÃO-BRILHANTE

A sétima estrada era uma boa estrada e fazia curvas aqui e ali – passando por gramados verdes e campos cobertos de margaridas e ranúnculos, repletos de árvores frondosas. Não havia nenhum tipo de casa à vista, e durante uma boa distância não encontraram nenhuma espécie de criatura viva.

Dorothy começou a temer que eles estivessem bastante longe da casa da fazenda, pois ali tudo era estranho para ela, mas não adiantaria nada voltar para o lugar onde todas as estradas se encontravam, pois qualquer outro caminho que escolhessem poderia levá-los para longe de casa da mesma maneira.

Ela continuou caminhando ao lado do Homem-Farrapo, que assobiava com alegria envolvido na jornada, até que aos poucos seguiram por uma curva e viram diante deles um grande castanheiro que fazia sombra sobre a estrada. Sentado à sombra havia um garoto usando roupas de marinheiro, que cavava um buraco na terra com um pedaço de madeira. Ele devia estar cavando há algum tempo, pois o buraco já era grande o suficiente para caber uma bola de futebol lá dentro.

Dorothy, Totó e o Homem-Farrapo pararam em frente ao garoto, que continuou cavando de maneira metódica e persistente.

— Quem é você? — perguntou a garota.

Ele olhou para ela com calma. Seu rosto era redondo e gorducho e seus olhos eram grandes, azuis e sinceros.

— Sou o Botão-Brilhante — disse ele.

— Mas qual é o seu nome verdadeiro? — perguntou ela.

— Botão-Brilhante.

— Isso não é um nome de verdade! — exclamou ela.

— Não? — perguntou ele, ainda cavando.

— É claro que não. Isso é só um... um jeito de chamar você. Você deve ter um nome.

— Devo?

— Com certeza. Como a sua mãe chama você?

Ele parou de cavar e tentou pensar.

— Papai sempre disse que eu era brilhante como um botãozinho, então mamãe sempre me chamou de Botão-Brilhante — disse ele.

— Qual é o nome de seu pai?

— Papai.

— E o que mais?

— Não sei.

— Deixa pra lá — disse o Homem-Farrapo, sorrindo. — Vamos chamar o garoto de Botão-Brilhante, assim como a mãe dele o chama. Esse nome é bom como qualquer outro, e melhor do que muitos.

Dorothy observou o garoto cavando.

— Onde você mora? — perguntou ela.

— Não sei — foi a resposta.

— Como você veio parar aqui?

— Não sei — disse ele, de novo.

— Você não sabe de onde você vem?

— Não — disse ele.

— Ora, ele deve estar perdido — disse ela para o Homem-Farrapo.

Ela se virou para o garoto mais uma vez.

— O que você vai fazer? — perguntou ela.

— Cavar — respondeu ele.

— Mas você não pode cavar para sempre, o que você vai fazer depois? — insistiu ela.

— Não sei — disse o garoto.

— Mas você PRECISA saber ALGUMA COISA — declarou Dorothy, sentindo-se provocada.

— Preciso? — perguntou ele, olhando para cima surpreso.

— É claro que precisa.

— O que eu preciso saber?

— Pelo menos o que vai acontecer com você — respondeu ela.

— VOCÊ sabe o que vai acontecer comigo? — perguntou ele.

— Não, não exatamente — admitiu ela.

— Você sabe o que vai acontecer com VOCÊ? — continuou ele, com seriedade.

— Não posso dizer que sei — respondeu Dorothy, lembrando-se de suas atuais dificuldades.

O Homem-Farrapo riu.

— Ninguém sabe de tudo, Dorothy — disse ele.

— Mas o Botão-Brilhante parece não saber de NADA — declarou ela. — Você sabe de alguma coisa, Botão-Brilhante?

Ele sacudiu a cabeça, que tinha lindos cachos, e respondeu com a mais perfeita calma:

— Não sei.

Dorothy nunca conhecera alguém que pudesse lhe dar tão pouca informação. Era óbvio que o garoto estava perdido e sua família certamente estava preocupada com ele. Ele parecia ser dois ou três anos mais novo do que Dorothy e estava muito bem vestido, como se alguém o amasse muito e tivesse se esforçado para deixá-lo bonito. Então ela ficava imaginando como ele foi parar naquela estrada solitária.

Perto do Botão-Brilhante, no chão, havia um chapéu de marinheiro com uma âncora dourada na aba. Suas calças de marinheiro eram longas e tinham a boca bem aberta, e o amplo colarinho de sua blusa tinha âncoras douradas costuradas em suas pontas. O garoto ainda cavava seu buraco.

— Você conhece o mar? — perguntou Dorothy.

— Quem é mar? — perguntou o Botão-Brilhante.

— Quero dizer, você já esteve em algum lugar onde existe água?

— Sim — disse o Botão-Brilhante —, no nosso quintal tem um poço.

— Você não está entendendo — gritou Dorothy. — Estou perguntando se você já esteve em um grande navio, flutuando em um oceano?

— Não sei — disse ele.

— Então, por que você está usando roupas de marinheiro?

— Não sei — respondeu ele, de novo.

Dorothy estava sem esperanças.

— Você é simplesmente MUITO ignorante, Botão-Brilhante — disse ela.

— Sou? — perguntou ele.

— Sim, você é.

— Por quê? — perguntou, olhando para ela com seus grandes olhos.

Ela ia dizer "não sei", mas parou por um instante.

— Você é que tem que responder isso — respondeu ela.

— Não adianta fazer perguntas para o Botão-Brilhante — disse o Homem-Farrapo, que estava comendo outra maçã —, mas alguém precisa cuidar do pequeno camarada, você não acha? Então, é melhor ele vir com a gente.

Totó vinha olhando com bastante curiosidade para o buraco que o garoto estava cavando e estava ficando mais animado a cada minuto, talvez pensando que o Botão-Brilhante estava à procura de algum animal selvagem. O cachorrinho começou a latir alto e pulou dentro do buraco, onde começou a cavar com suas patinhas, jogando terra em todas as direções. A terra sujou o garoto. Dorothy o alcançou e colocou-o em pé, limpando suas roupas com a mão.

— Pare com isso, Totó! — gritou ela. — Não tem nenhum rato ou marmota dentro desse buraco, não seja tolo.

Totó parou, farejou o buraco em tom desconfiado, e pulou para fora dele, balançando o rabo como se tivesse feito algo importante.

— Bom — disse o Homem-Farrapo —, vamos retomar o caminho ou não chegaremos a lugar nenhum antes do anoitecer.

— Aonde você espera chegar? — perguntou Dorothy.

— Estou como o Botão-Brilhante. Não sei — respondeu o Homem-Farrapo, com uma risada. — Mas aprendi por experiência própria que toda estrada leva a algum lugar, ou não existiria uma estrada, então é provável que, se andarmos o bastante, minha querida, chegaremos a algum lugar no final. A que lugar chegaremos não sabemos neste momento, mas certamente descobriremos quando chegarmos lá.

— Ora, isso é verdade — disse Dorothy. — Parece fazer sentido, Homem-Farrapo.

CAPÍTULO 3
UMA VILA ESTRANHA

Botão-Brilhante segurou a mão do Homem-Farrapo com vontade, pois, como vocês sabem, o Homem-Farrapo tinha o Ímã do Amor, e este era o motivo para o Botão-Brilhante ter gostado dele logo que se conheceram. Começaram a caminhar, com Dorothy de um lado e Totó do outro. O pequeno grupo trotava com mais alegria do que vocês podem imaginar. A garota estava acostumada com aventuras estranhas e se interessava muito por elas. Sempre que Dorothy saía para uma aventura, Totó ia com ela, seu eterno companheiro. Botão-Brilhante não parecia estar com medo ou preocupado por estar perdido, e o Homem-Farrapo talvez não tivesse casa e parecia estar satisfeito tanto em um lugar quanto em outro.

Logo viram à sua frente um grande arco cruzando a estrada, e quando se aproximaram viram que o arco era lindamente esculpido e decorado com muitas cores. Uma fileira de pavões com as caudas abertas cobria toda sua parte de cima, e todas as suas penas estavam maravilhosamente pintadas. No centro havia uma grande cabeça de raposa, com expressão astuta e sábia e usava grandes óculos e uma pequena coroa dourada com pontos brilhantes em cima de sua cabeça.

Enquanto os viajantes observavam com curiosidade este lindo arco, saiu, de repente, de dentro dele um grupo de soldados marchando – os soldados eram raposas que usavam uniformes. Usavam jaquetas verdes e calças amarelas, e suas botas de cano alto eram vermelhas brilhantes. Havia também um grande laço vermelho amarrado no meio de cada rabo longo e peludo. Cada soldado estava armado com uma espada de madeira que tinha na ponta uma fileira de dentes afiados. À primeira vista, esses dentes fizeram Dorothy se encolher.

Um capitão marchou para a frente do grupo de soldados-raposa. Seu uniforme era bordado com tramas douradas que o deixavam mais bonito do que o uniforme dos outros.

Um pouco antes de nossos amigos perceberem a presença deles, os soldados já os haviam cercado por todos os lados, e o capitão gritava com a voz brava:

— Rendam-se! Vocês são nossos prisioneiros.

— O que é um prisioneiro? — perguntou o Botão-Brilhante.

— Um prisioneiro é um recluso — respondeu o capitão-raposa, levantando-se e abaixando-se com bastante dignidade.

— O que é um recluso? — perguntou o Botão-Brilhante.

— Você é um recluso — respondeu o capitão.

Isso fez o Homem-Farrapo gargalhar.

— Boa tarde, capitão — disse ele, curvando-se com educação para todas as raposas e abaixando-se mais ainda para cumprimentar seu comandante. — Imagino que o senhor esteja bem de saúde e que sua família também esteja.

O capitão-raposa olhou para o Homem-Farrapo e suas feições expressivas tornaram-se agradáveis e ele sorriu.

— Estamos muito bem, obrigado, Homem-Farrapo — disse ele, e Dorothy soube que o Ímã do Amor estava funcionando e que todas as raposas agora adoravam o Homem-Farrapo graças a ele.

Mas Totó não sabia disso, pois começou a latir bravo e tentou morder a perna peluda do capitão na parte em que seus pelos apareciam entre a bota vermelha e as calças amarelas.

— Pare, Totó! — gritou a garotinha, pegando o cachorro nos braços. — Eles são nossos amigos.

— Ora, somos mesmo! — observou o capitão em tom surpreso. — Em um primeiro momento achei que éramos inimigos, mas parece que vocês são nossos amigos, então. Vocês precisam vir comigo conhecer o rei Dox.

— Quem é ele? — perguntou o Botão-Brilhante, com olhar sério.

— O rei Dox, de Vila das Raposas, o grande e inteligente soberano que governa nossa comunidade.

— O que é um soberano e o que é uma comunidade? — perguntou o Botão-Brilhante.

— Não faça tantas perguntas, garotinho.

— Por quê?

— Ora, por quê? De fato — exclamou o capitão, olhando para Botão-Brilhante, admirando-o. — Se você não fizer perguntas, não vai aprender nada. Isso é verdade. Eu estava errado. Você é um garotinho muito esperto, acredite nisso – bastante esperto, na verdade. Mas, agora, amigos, por favor, venham comigo, pois é meu dever levar vocês rapidamente até o palácio real.

Os soldados marcharam de volta passando pelo arco mais uma vez e com eles foram o Homem-Farrapo, Dorothy, Totó e Botão-Brilhante. Ao passarem pela abertura viram uma cidade, linda e grande, espalhar-se à frente deles, todas as suas casas eram feitas de mármore esculpido em lindas cores. A decoração consistia, em sua maioria, de pássaros e outras aves, como pavões, faisões, perus, galinhas, patos e gansos. Acima de cada porta havia uma cabeça esculpida representando a raposa que habitava aquela residência, sendo este um efeito bonito e incomum.

Enquanto nossos amigos caminhavam, algumas raposas saíam em seus alpendres e varandas para ver os estrangeiros. Tais raposas estavam muito bem-vestidas, as raposas fêmeas usavam vestidos de penas costuradas e coloridas em tonalidades brilhantes que Dorothy achou bastante artísticas e atraentes.

Botão-Brilhante ficou olhando até seus olhos ficarem grandes e redondos, e ele teria tropeçado e caído mais de uma vez caso o Homem-Farrapo não tivesse segurado sua mão com força. Estavam todos interessados no que viam, e Totó estava tão animado que queria latir a todo instante, e correr e brigar com cada raposa que enxergasse. Mas Dorothy segurava seu pequeno corpo agitado com força em seus braços e ordenava que ele se comportasse. Então ele finalmente se acalmou, como um cachorro esperto, percebendo que havia raposas demais em Vila das Raposas para lutar contra todas de uma vez.

Depois de algum tempo eles chegaram a uma grande praça e no meio dela ficava o palácio real. Dorothy soube logo disso, pois no topo de sua grande porta estava esculpida a cabeça de uma raposa exatamente igual àquela que ela vira no arco, e esta raposa era a única que usava uma coroa dourada.

Havia muitos soldados-raposa vigiando a porta, mas eles se curvaram para o capitão e o deixaram entrar sem questionar. O capitão os levou por várias salas, nas quais raposas muito bem-vestidas estavam sentadas em bonitas cadeiras ou tomando chá, que estava sendo servido por raposas-criados que usavam aventais brancos. Eles chegaram a uma grande entrada coberta por cortinas pesadas de pano dourado.

Ao lado dessa entrada havia um grande tambor. O capitão-raposa foi até o tambor e bateu seus joelhos nele – primeiro um joelho e depois o outro – e o tambor emitiu o som: "Boom-boom".

— Todos vocês devem fazer exatamente o que eu fizer — ordenou o capitão.

Então, o Homem-Farrapo bateu com seus joelhos no tambor, e Dorothy e o Botão-Brilhante fizeram o mesmo. O garoto queria continuar batendo no tambor com seus joelhos gordinhos, pois gostava do som que ele emitia, mas o capitão o fez parar. Totó não conseguiu bater no tambor com seus joelhos e também não sabia como abanar seu rabo para que ele batesse no tambor, então Dorothy bateu no tambor para ele e isso o fez latir. Quando o cachorrinho latiu, o capitão-raposa olhou desconfiado para ele.

As cortinas douradas abriram-se o suficiente para permitir passagem, por onde entraram o capitão e os outros.

A sala ampla e longa na qual adentraram era decorada em ouro com vitrais de cores esplêndidas. No canto da sala, sobre um trono dourado ricamente esculpido, estava sentado o rei-raposa, cercado por um grupo de outras raposas, todos usando grandes óculos, o que os deixava com a aparência solene e importante.

Dorothy logo soube que ele era o rei, pois havia visto sua cabeça esculpida no arco e sobre a porta de entrada do palácio. Como já havia conhecido vários outros reis em suas viagens, ela sabia o que fazer e fez logo uma reverência profunda em frente ao trono. O Homem-Farrapo fez o mesmo, e o Botão-Brilhante balançou a cabeça e disse "Olá".

— Potentado mais sábio e nobre de Vila das Raposas — disse o capitão, dirigindo-se com a voz pomposa ao rei —, humildemente peço autorização para relatar que encontrei esses estrangeiros na estrada que traz até os domínios de vossa majestade, e por isso eu os trouxe aqui perante o senhor, como é meu dever fazê-lo.

— Ora, ora — disse o rei, olhando para eles com interesse. — O que trouxe vocês aqui, estrangeiros?

— Nossas pernas, se isso for do agrado de vosso Cabeludo Real — respondeu o Homem-Farrapo.

— O que vocês vieram fazer aqui? — foi a próxima pergunta.

— Viemos até aqui para irmos embora o mais rápido possível — disse o Homem-Farrapo.

O rei não sabia sobre o Ímã do Amor, claro, mas isso o fez adorar o Homem-Farrapo logo que o viu.

— Façam como quiserem com relação a ir embora — disse ele —, mas eu gostaria de mostrar minha cidade para vocês e de entreter seu grupo enquanto estiverem aqui. Nós nos sentimos muito honrados em ter a pequena Dorothy entre nós, posso lhes garantir, e somos gratos por ela nos fazer esta visita. Pois, qualquer que seja o país que Dorothy visite, ele certamente se torna famoso.

Este discurso surpreendeu bastante a garotinha, que perguntou:

— Como vossa majestade sabe meu nome?

— Ora, todos conhecem você, minha querida — disse o rei-raposa. — Você não percebe isso? Você é uma pessoa bastante importante desde que a princesa Ozma de Oz se tornou sua amiga.

— O senhor conhece Ozma? — perguntou ela.

— Infelizmente, não — respondeu ele, com tristeza. — Mas espero conhecê-la em breve. A princesa Ozma, como você sabe, vai comemorar seu aniversário no dia 21 deste mês.

— Vai? — perguntou Dorothy. — Eu não sabia disso.

— Sim, é esperado que essa seja a cerimônia real mais brilhante que já aconteceu em qualquer cidade na Terra Encantada, e espero que você tente conseguir um convite para mim.

Dorothy pensou por um minuto.

— Tenho certeza de que Ozma convidaria o senhor se pedisse para ela fazer isso — disse ela. — Mas como o senhor vai chegar até a Terra de Oz e à Cidade das Esmeraldas? Fica a uma boa distância do Kansas.

— Kansas? — perguntou ele, surpreso.

— Ora, sim, estamos no Kansas, não estamos? — respondeu ela com outra pergunta.

— Que ideia estranha! — exclamou o rei-raposa, começando a rir. — O que faz você pensar que aqui é o Kansas?

— É que saí da fazenda do Tio Henry há umas duas horas apenas — respondeu ela, bastante perplexa.

— Mas, me diga, minha querida, você já viu uma cidade tão linda quanto Vila das Raposas no Kansas? — indagou ele.

— Não, sua majestade.

— E você não viajou de Oz para o Kansas em um instante, com os Sapatos de Prata e com o Cinto Mágico?

— Sim, sua majestade — reconheceu ela.

— Então, por que você não acha que em uma hora ou duas você poderia chegar a Vila das Raposas, que é mais perto de Oz do que do Kansas?

— Ó, Céus! — exclamou Dorothy. — Será essa uma nova aventura mágica?

— Parece que sim — disse o rei-raposa, sorrindo.

Dorothy virou-se para o Homem-Farrapo e seu rosto ficou sério e repreensivo.

— Você é um mágico? Ou uma fada disfarçada? — perguntou ela. — Você jogou um encanto em mim quando me perguntou qual era o caminho para Butterfield?

O Homem-Farrapo balançou a cabeça.

— Quem já ouviu falar sobre uma fada desgrenhada? — respondeu ele. — Não, Dorothy, minha querida, a culpa por essa viagem não é nem um pouco minha, eu lhe garanto. Tem alguma coisa estranha comigo desde que ganhei o Ímã do Amor, mas não sei o que é. Não tentei tirar você de casa, de maneira alguma. Se você quiser encontrar o caminho de volta para a fazenda, irei com você sem reclamar e farei o meu melhor para ajudá-la.

— Deixa pra lá — disse a garotinha, pensativa. — Não tem tanta coisa pra ver no Kansas como tem por aqui, e acho que a Tia Em não vai ficar muito preocupada, isto é, se eu não ficar longe por muito tempo.

— Tudo bem — declarou o rei-raposa, balançando a cabeça em sinal de aprovação. — Seja feliz com o que você tem, seja lá o que for, se você for uma pessoa esperta. Isso me faz lembrar que vocês têm um outro companheiro nesta aventura – que parece ser muito esperto e brilhante.

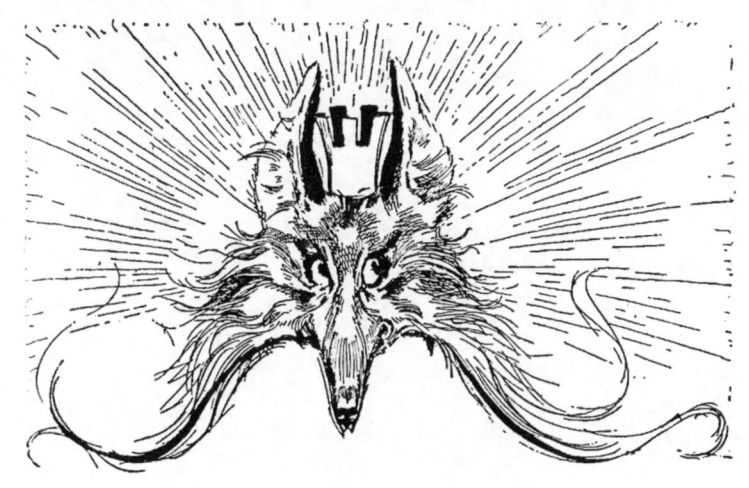

— Ele é — disse Dorothy, e o Homem-Farrapo acrescentou:

— Este é o nome dele, Sua Real Raposinha: Botão-Brilhante.

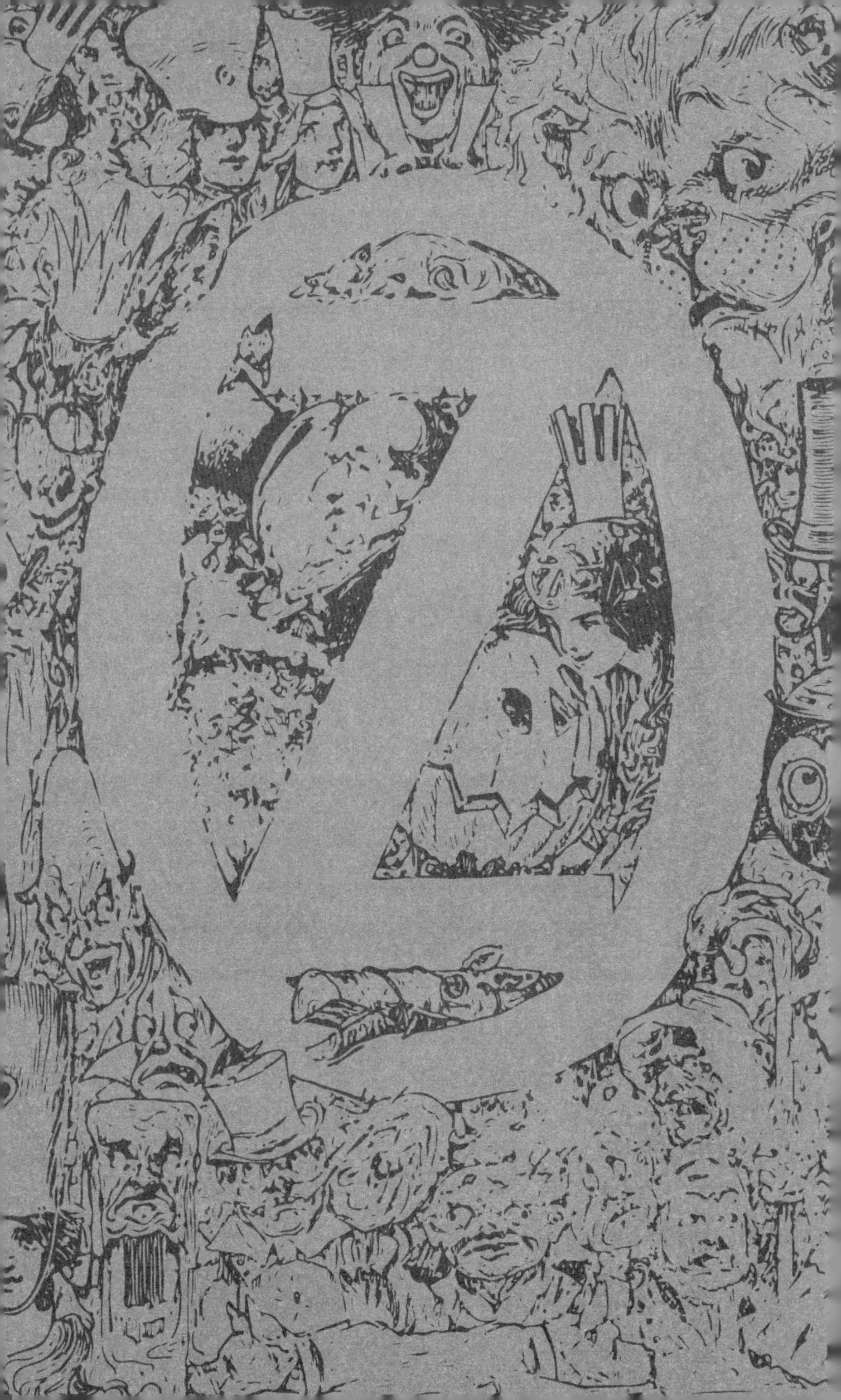

CAPÍTULO 4
O REI DOX

Foi divertido observar a expressão no rosto do rei Dox enquanto ele olhava para o garoto de cima a baixo, desde seu chapéu de marinheiro até seus sapatos, e foi igualmente divertido observar o Botão-Brilhante olhar de volta para o rei. Nenhuma raposa jamais tivera a expressão doce e sincera de uma criança, e nenhuma criança jamais ouvira uma raposa falar ou encontrara com uma raposa tão lindamente vestida e governando uma cidade daquele tamanho. Sinto dizer que ninguém nunca contou muita coisa para o garotinho sobre fadas ou assuntos desse tipo, sendo assim, é fácil entender o quanto tal experiência estranha o impressionou.

— Você gosta de nós? — perguntou o rei.

— Não sei — respondeu o Botão-Brilhante.

— É claro que não gosta. Nós nos conhecemos há muito pouco tempo — respondeu sua majestade. — Como você acha que eu me chamo?

— Não sei — disse o Botão-Brilhante.

— Como você poderia saber? Bom, vou lhe dizer. Meu nome é Dox, mas um rei não pode ser chamado pelo seu nome, ele precisa ter um nome oficial. Por isso, meu nome oficial é rei Renard, o quarto. Ren-ard, com a sílaba tônica no "Ren".

— O que é "ren"? — perguntou o Botão-Brilhante.

— Que esperto! — exclamou o rei, virando-se com o rosto feliz para seus conselheiros. — Este garoto é realmente muito esperto. "O que é 'ren'?", ele pergunta, e, claro, "ren" não significa nada sozinho. Sim, ele de fato é muito brilhante.

— Essa pergunta é o que sua majestade pode chamar de digna de uma raposa — disse um dos conselheiros, uma raposa velha e cinza.

— É mesmo — declarou o rei.

Ele se virou novamente para o Botão-Brilhante e perguntou:

— Agora que contei meu nome para você, como você vai me chamar?

— De rei Dox — respondeu o garoto.

— Por quê?

— Porque "ren" não significa nada — foi a resposta.

— Muito bem! Ótimo, na verdade! Você tem mesmo uma mente brilhante. Você sabe por que dois mais dois é igual a quatro?

— Não — disse o Botão-Brilhante.

— Esperto! Muito esperto, na verdade! É claro que você não sabe. Ninguém sabe o porquê, só sabemos que o resultado é esse e não sabemos por que o resultado é esse. Botão-Brilhante, esses cachos e esses olhos azuis não combinam muito bem com sua inteligência. Eles fazem você parecer jovem demais e escondem sua verdadeira esperteza. Por isso, lhe farei um grande favor. Darei a você a cabeça de uma raposa, assim você vai parecer ser o esperto que é.

Enquanto falava, o rei ergueu sua pata na direção do garoto e logo os cachos lindos, seu rosto redondo e seus olhos azuis desapareceram e no lugar deles apareceu uma cabeça de raposa sobre os ombros do Botão-Brilhante – uma cabeça peluda, com nariz pontudo, orelhas levantadas e pequenos olhos atentos.

— Ah, não faça isso! — gritou Dorothy, afastando-se de seu companheiro transformado com uma expressão de choque e desprezo.

— Tarde demais, minha querida, já está feito. Mas você também pode ter uma cabeça de raposa se conseguir provar que é tão esperta quanto o Botão-Brilhante.

— Eu não quero isso, isso é assustador! — exclamou ela, e, ao ouvir este veredito, o Botão-Brilhante começou a chorar como se ainda fosse um garotinho.

— Como você pode chamar esta cabeça adorável de assustadora? — perguntou o rei. — É uma cabeça muito mais bonita do que a que ele tinha antes, na minha opinião, e minha esposa diz que sou bom em julgar a beleza. Não chore, pequeno garoto-raposinha. Ria e tenha orgulho, porque você é muito privilegiado. O que você está achando da nova cabeça, Botão-Brilhante?

— N-n-n-não s-s-s-sei! — soluçou a criança.

— Por favor, POR FAVOR, transforme-o de novo, sua majestade! — implorou Dorothy.

O rei Renard IV balançou a cabeça.

— Não posso fazer isso — disse ele —, não tenho o poder para fazer isso, mesmo que eu quisesse. Não, o Botão-Brilhante deve ficar com sua cabeça de raposa e ele certamente vai adorar a cabeça assim que se acostumar com ela.

Tanto o Homem-Farrapo quanto Dorothy estavam sérios e ansiosos, pois estavam tristes que tal infortúnio tivesse se abatido sobre seu pequeno companheiro. Totó latiu para o garoto-raposa uma ou duas vezes, sem perceber que ele era seu antigo amigo que agora usava uma cabeça de animal, mas Dorothy segurou o cachorro e o fez parar.

Quanto às raposas, todas pareciam pensar que a nova cabeça do Botão-Brilhante era bastante atraente e que seu rei havia concedido uma grande honra ao pequeno estrangeiro. Era engraçado ver o garoto esticar a mão para sentir seu nariz pontudo e sua grande boca, e tocá-los novamente com tristeza. Ele sacudia as orelhas de maneira engraçada e havia lágrimas em seus pequenos olhos pretos. Mas Dorothy ainda não conseguia rir ao ver o amigo, pois se sentia triste por ele.

Neste momento três pequenas princesas-raposas, filhas do rei, entraram na sala, e, quando viram Botão-Brilhante, uma delas exclamou:

— Como ele é adorável!

E a outra gritou toda alegre:

— Como ele é doce!

E a terceira princesa bateu palmas toda animada e disse:

— Como ele é bonito!

Botão-Brilhante parou de chorar e perguntou, com timidez:

— Sou?

— Não existe um outro rosto tão bonito em todo o mundo — declarou a maior princesa-raposa.

— Você precisa morar aqui para sempre, e ser nosso irmão — disse a outra.

— Todos nós vamos amá-lo muito — disse a terceira.

Tais elogios animaram bastante o garoto e ele olhou para os lados e tentou sorrir. Foi uma tentativa lamentável, pois o rosto de raposa era novo e rígido, e Dorothy achou sua expressão ainda mais estúpida do que antes da transformação.

— Acho que precisamos ir agora — disse o Homem-Farrapo, incomodado, pois ele não sabia o que o rei tinha na cabeça e faria em seguida.

— Não vão embora, imploro a vocês — pediu o rei Renard. — Pretendo ter vários dias de banquetes e festas para comemorar a visita de vocês.

— Faça isso depois que formos embora, pois não podemos esperar — disse Dorothy, decidida.

Mas ao ver que isso desagradava o rei, ela acrescentou:

— Se eu vou pedir para Ozma convidar você para a festa que ela vai oferecer, preciso encontrá-la o mais rápido possível.

Apesar de toda a beleza de Vila das Raposas e das vestes maravilhosas de seus habitantes, tanto a garota quanto o Homem-Farrapo achavam que ali não era um lugar muito seguro e estavam ansiosos para ir embora.

— Mas agora é noite — lembrou o rei — e vocês precisam ficar conosco até o amanhecer, de qualquer maneira. Assim, convido vocês para jantarem comigo e para me acompanharem ao teatro depois. Nós nos sentaremos no camarote real. Amanhã pela manhã, se vocês realmente insistirem no assunto, podem retomar sua viagem.

Eles concordaram com isso e alguns criados-raposa os conduziram para um conjunto de cômodos adoráveis dentro do grande palácio.

Botão-Brilhante teve medo de ficar sozinho, por isso Dorothy o levou com ela para o seu quarto. Enquanto uma camareira-raposa arrumava o cabelo da garota — que estava um pouco embaraçado — e colocava fitas novas e brilhantes nele, uma outra camareira-raposa penteava o pelo do pobre Botão-Brilhante com cuidado, colocando um laço rosa em cada uma de suas orelhas. As camareiras queriam vestir as crianças com roupas bonitas feitas de penas, parecidas com as que as raposas vestiam, mas nenhum dos dois permitiu que fizessem isso.

— Uma roupa de marinheiro e uma cabeça de raposa não combinam — disse uma das camareiras —, pois nenhuma raposa jamais foi marinheira, que eu consiga me lembrar.

— Não sou uma raposa! — gritou o Botão-Brilhante.

— Infelizmente não é — concordou a camareira. — Mas você tem uma adorável cabeça de raposa sobre seus ombros magros, e isso é QUASE tão bom quanto ser uma raposa.

O garoto lembrou-se de seu infortúnio e começou a chorar novamente. Dorothy acariciou-o e reconfortou-o, prometendo descobrir uma maneira de conseguir sua cabeça de volta.

— Se conseguirmos ir até Ozma — disse ela —, a princesa lhe dará sua cabeça novamente em meio segundo, então fique com essa cabeça de raposa da maneira mais confortável que conseguir, querido, e não se preocupe com isso. Não é nem um pouco tão bonita quanto a sua, não importa o que dizem as raposas, mas você pode conviver com ela por um pouco mais, não pode?

— Não sei — disse o Botão-Brilhante em dúvida, mas ele não chorou mais depois disso.

Dorothy permitiu que as criadas colocassem fitas em seus ombros, e depois disso eles estavam prontos para o jantar com o rei. Quando encontraram o Homem-Farrapo na esplêndida sala de visitas do palácio, viram que ele estava exatamente da mesma maneira como antes. Ele havia se recusado a trocar suas roupas gastas por novas, pois se fizesse isso, não seria mais o Homem-Farrapo, foi isso o que ele disse, e ele teria que se acostumar novamente com sua pessoa.

Ele disse a Dorothy que havia penteado seu cabelo e suas costeletas bagunçadas, mas ela achou que ele penteara de maneira errada, pois eles estavam tão bagunçados quanto antes.

Quanto ao grupo de raposas reunidas para jantar com os estrangeiros, todas estavam muito bem-vestidas, e suas roupas chiques faziam com que o vestido simples de Dorothy, as roupas de marinheiro do Botão-Brilhante e as roupas gastas do Homem-Farrapo parecessem bastante simples. Mas as raposas trataram seus convidados com muito respeito, e o jantar do rei acabou sendo muito bom. Raposas, como vocês sabem, gostam de comer frango e outras aves, então foram servidos sopa de frango, peru assado, pato cozido, galinha frita, codorna grelhada e torta de ganso. Como a comida estava excelente, os convidados do rei aproveitaram a refeição e saborearam com prazer todos os pratos.

O grupo foi ao teatro, onde assistiram a uma peça interpretada por raposas que vestiam roupas feitas de penas bastante coloridas e brilhantes. A peça era sobre uma raposa fêmea que foi roubada por lobos maus e levada para sua caverna, e no momento em que estavam prestes a matá-la e devorá-la, um grupo de soltados-raposa chegou marchando, salvou a garota e matou os lobos maus.

— Gostou da peça? — perguntou o rei para Dorothy.

— Gostei bastante — respondeu ela. — Me lembra de uma das Fábulas de Esopo.

— Por favor, não fale de Esopo para mim — exclamou o rei Dox. — Odeio o nome daquele homem. Ele escreveu bastante sobre raposas, mas sempre as retratou como sendo cruéis e malvadas, e na verdade somos gentis e amáveis, como você pode ver.

— Mas suas fábulas mostravam vocês como sendo espertas e inteligentes e mais astutas do que outros animais — disse o Homem-Farrapo, pensativo.

— Somos mesmo. Não há dúvida de que sabemos mais do que os homens — respondeu o rei, com orgulho. — Mas usamos nossa sabedoria para fazer o bem, e não o mal, por isso aquele terrível Esopo não sabia sobre o que estava falando.

Eles não queriam contradizê-lo, pois acharam que ele devia conhecer a natureza das raposas melhor do que os homens, por isso, ficaram sentados em silêncio e assistiram à peça. O Botão-Brilhante ficou tão interessado que até se esqueceu da sua cabeça de raposa.

Depois da peça eles voltaram para o palácio e dormiram em camas macias recheadas de penas, pois as raposas criavam muitas aves para comer e usavam suas penas para fazer roupas e para dormir nelas.

Dorothy se perguntava por que os animais que viviam em Vila das Raposas não usavam somente seus pelos, como as raposas selvagens fazem; quando ela mencionou isso para o rei Dox, ele disse que elas se vestiam porque eram civilizadas.

— Mas vocês nasceram sem roupas — observou ela —, e não me parece que vocês precisem delas.

— Assim como os seres humanos também nasceram sem roupas — respondeu ele. — E até se tornarem civilizados não usavam nada além de sua pele. Mas tornar-se civilizado significa vestir-se da maneira mais elaborada e bonita possível, e esbanjar suas roupas de maneira que seus vizinhos sintam inveja de você. Por isso, tanto as raposas civilizadas quanto os seres humanos civilizados passam a maior parte de seu tempo se arrumando.

— Eu não — declarou o Homem-Farrapo.

— Isso é verdade — disse o rei, olhando com cuidado para ele —, mas talvez você não seja civilizado.

Depois de dormirem pesado e terem uma boa noite de sono, o grupo tomou café da manhã com o rei e então despediu-se de sua majestade.

— O senhor foi gentil conosco, exceto pelo pobre Botão-Brilhante — disse Dorothy —, e tivemos bons momentos em Vila das Raposas.

— Então — disse o rei Dox — talvez você seja gentil de volta e me consiga um convite para a comemoração do aniversário da princesa Ozma.

— Vou tentar — prometeu ela —, se eu a encontrar a tempo.

— Lembre-se, a festa é no dia vinte e um — continuou ele —, e se você conseguir que eu seja convidado, descobrirei uma forma de atravessar o Terrível Deserto e chegar à maravilhosa Terra de Oz. Sempre quis visitar a Cidade das Esmeraldas, então tenho certeza de que foi uma sorte você ter vindo parar aqui neste momento, você sendo amiga da princesa Ozma e capaz de me ajudar a conseguir o convite.

— Se eu me encontrar com Ozma, vou pedir para que ela convide você — respondeu ela.

O rei-raposa providenciou para que um delicioso almoço fosse preparado para o grupo. O Homem-Farrapo guardou a refeição em seu bolso, e o capitão-raposa os levou até um arco na lateral da vila, do lado oposto àquele pelo qual eles haviam entrado. Ali encontraram mais soldados vigiando a estrada.

— Vocês têm medo de inimigos? — perguntou Dorothy.

— Não, porque somos observadores e capazes de nos protegermos — respondeu o capitão. — Mas essas estradas levam para outras vilas habitadas por bestas grandes e estúpidas que podem nos causar problemas se acharem que temos medo delas.

— Que bestas são essas? — perguntou o Homem-Farrapo.

O capitão hesitou em responder. Finalmente, ele disse:

— Vocês vão saber tudo sobre elas quando chegarem à sua cidade. Mas não tenham medo delas. Botão-Brilhante é tão esperto e agora tem uma aparência tão inteligente que tenho certeza de que ele vai conseguir descobrir uma maneira de proteger vocês.

Esse comentário deixou Dorothy e o Homem-Farrapo incomodados, pois eles não tinham tanta confiança na sabedoria do garoto-raposa quanto o capitão parecia ter. Mas, como o acompanhante deles não quis dizer nada mais sobre as bestas, eles se despediram e continuaram sua jornada.

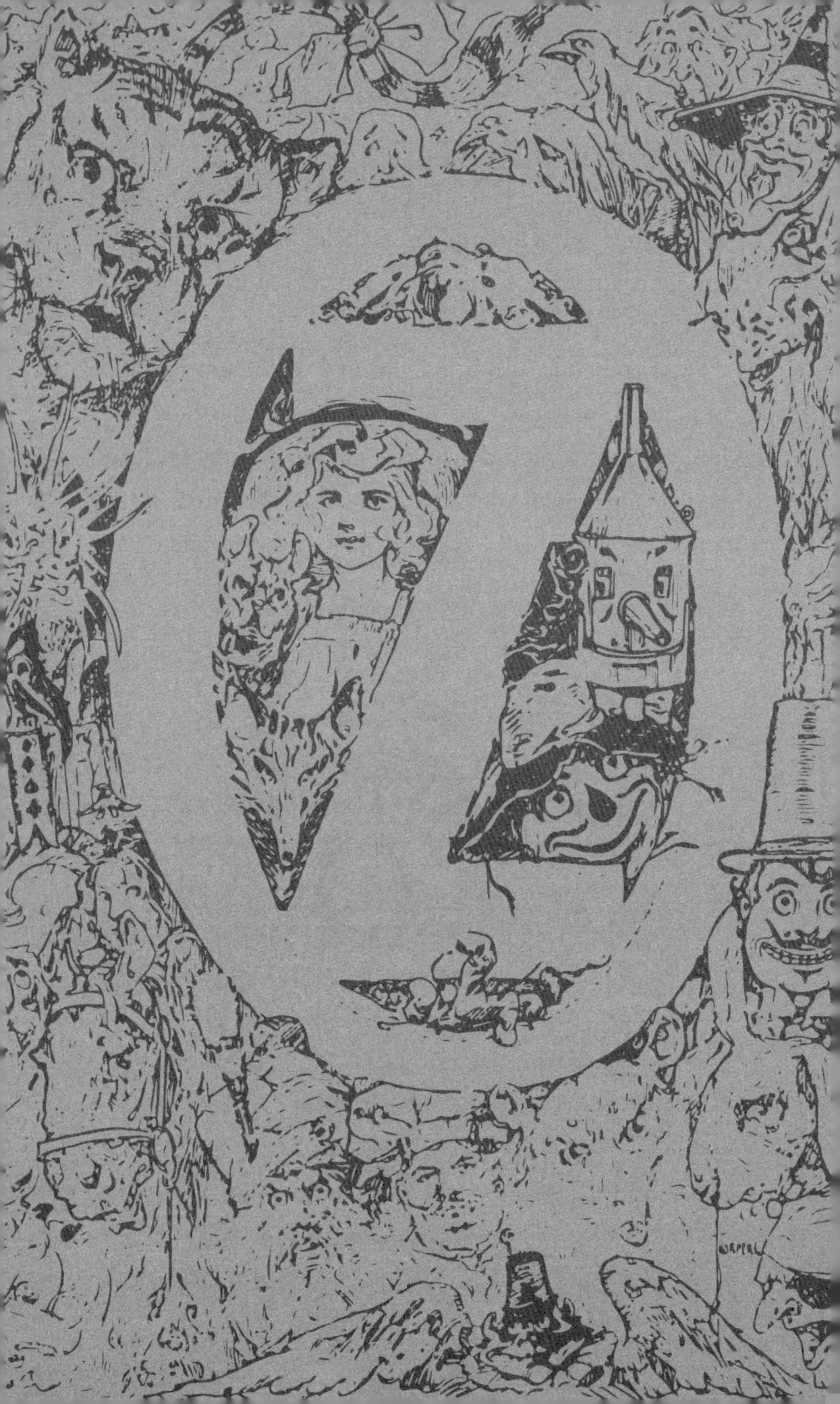

CAPÍTULO 5
A FILHA DO ARCO-ÍRIS

Totó, que agora podia sair correndo como gostaria, estava feliz por estar livre de novo e por poder latir para os pássaros e caçar borboletas. A terra onde estavam era charmosa, mas ainda assim, nos lindos campos de flores selvagens e nos bosques de árvores frondosas, não havia nenhum tipo de habitação ou nenhum sinal de habitantes. Pássaros voavam pelo ar e coelhos brancos astutos corriam por entre a grama alta e pelos arbustos verdes. Dorothy conseguiu até observar as formigas se movimentando ocupadas na estrada, carregando uma porção de sementes, mas não havia pessoas em lugar algum.

Andaram rapidamente por uma ou duas horas, pois até mesmo o pequeno Botão-Brilhante caminhava em um bom ritmo e não se cansava com facilidade. Depois de um tempo, ao fazerem uma curva na estrada, o grupo se deparou com uma cena curiosa à frente deles.

Uma garotinha, radiante e linda, formosa como uma fada e vestida com primor, dançava graciosamente no meio da estrada vazia, girando devagar de um lado para o outro, com seus pés delicados cintilando com alegria. Ela usava vestes esvoaçantes e macias feitas de material suave que fazia Dorothy lembrar das teias de aranhas, só que estas eram coloridas em tons de violeta, rosa, topázio, oliva, azul e branco, misturadas de maneira harmoniosa em listras que se juntavam umas às outras em uma combinação suave. Seus cabelos pareciam fios de ouro e flutuavam em volta dela formando uma nuvem, sem nem um fio preso por uma fivela, ornamento ou fita.

Cheios de imaginação e admiração, nossos amigos aproximaram-se e ficaram a observar aquela dança fascinante. A garota não era mais alta do que Dorothy, embora fosse mais esbelta, e também não parecia mais velha do que nossa heroína.

De repente ela parou de dançar, como se somente naquele instante tivesse percebido a presença dos estrangeiros. Enquanto ela olhava para eles, tímida como uma corça assustada, apoiada em um pé como se fosse voar no instante seguinte, Dorothy ficou surpresa ao ver lágrimas caindo de seus olhos cor de violeta e escorrendo por suas adoráveis bochechas rosadas. O fato de a delicada menina dançar e chorar ao mesmo tempo era realmente surpreendente, e por isso Dorothy perguntou com a voz suave e simpática:

— Você está triste, garotinha?

— Muito! — foi a resposta. — Estou perdida.

— Ora, nós também — disse Dorothy, sorrindo. — Mas não estamos chorando por isso.

— Não estão? Por que não?

— Porque já estive perdida outras vezes e sempre fui encontrada — respondeu Dorothy, simplesmente.

— Mas eu nunca estive perdida antes — murmurou a menina delicada — e estou preocupada e com medo.

— Você estava dançando — observou Dorothy, com um tom de voz intrigado.

— Ah, apenas para me manter aquecida — explicou a menina, rapidamente. — Posso lhe garantir que eu não estava dançando porque me sentia feliz.

Dorothy olhou para ela com atenção. Sua roupa esvoaçante talvez não fosse muito quente, mas o clima não estava nem um pouco frio, e sim bastante ameno e agradável, como se fosse um dia de primavera.

— Quem é você, querida? — perguntou ela, delicadamente.

— Sou Policromia — foi a resposta.

— Polly quem?

— Policromia. Sou a filha do Arco-Íris.

— Ah! — disse Dorothy, ofegante. — Eu não sabia que o Arco-Íris tinha filhos. Mas eu DEVIA ter imaginado isso antes de você se apresentar. Você realmente não podia ser ninguém mais.

— Por que não? — perguntou Policromia, como se estivesse surpresa.

— Porque você é tão adorável e doce.

A pequena menina sorriu através de suas lágrimas, veio até Dorothy e colocou seus dedos compridos na mão gorducha da menina do Kansas.

— Você será minha amiga, não é? — perguntou ela.
— Claro.
— E qual é o seu nome?
— Eu sou Dorothy, e este é o meu amigo, o Homem-Farrapo, que possui o Ímã do Amor, e este é o Botão-Brilhante – só que você não consegue vê-lo como ele realmente é porque o rei-raposa transformou sua cabeça em uma cabeça de raposa. Mas o verdadeiro Botão-Brilhante é lindo, e espero conseguir fazer com que ele volte a ser ele mesmo em algum momento.

A filha do Arco-Íris assentiu com alegria, pois não tinha mais medo de seus novos companheiros.

— E quem é esse? — perguntou ela, apontando para Totó, que estava sentado à frente dela abanando seu rabo de maneira amigável e admirando a linda garota com seus olhos brilhantes.

— Ele também é uma pessoa encantada?

— Ah, não, Polly — posso chamar você de Polly, não posso? Seu nome completo é bem difícil de dizer.

— Pode me chamar de Polly se quiser, Dorothy.

— Bom, Polly, Totó é só um cachorro, mas ele tem mais noção do que o Botão-Brilhante, para dizer a verdade, e eu gosto muito dele.

— Também gosto dele — disse Policromia, inclinando-se graciosamente para acariciar a cabeça de Totó.

— Mas como é que a filha do Arco-Íris veio parar nessa estrada solitária e se perdeu? — perguntou o Homem-Farrapo, que havia escutado pensativo toda a conversa delas.

— Ora, meu pai abriu o Arco-Íris dele aqui hoje pela manhã, e uma de suas pontas tocou esta estrada — foi a resposta —, e eu estava dançando sobre seus lindos raios, como adoro fazer, e não percebi que estava me afastando da curva do círculo. De repente comecei a escorregar, e fui escorregando rápido e mais rápido até que acabei caindo no chão, bem no fim dele. Nesse momento o papai levantou o Arco-Íris de novo, sem perceber que eu estava aqui, e embora eu tenha tentado correr até a ponta do Arco-Íris e segurá-la com força, ele desapareceu totalmente e fui deixada sozinha, desamparada no chão frio e duro!

— Ele não parece frio para mim, Polly — disse Dorothy —, mas talvez você não esteja vestida de maneira adequada.

— Estou tão acostumada a morar perto do sol — respondeu a filha do Arco-Íris — que primeiro temi congelar aqui embaixo. Mas a minha dança me aqueceu um pouco, e agora fico me perguntando como vou fazer para voltar para casa de novo.

— Seu pai não vai sentir sua falta, procurar por você e abrir um outro Arco-Íris para te buscar?

— Talvez, mas ele está tão ocupado agora porque está chovendo em tantas partes do mundo nesta estação, e ele precisa abrir seu Arco-Íris em tantos lugares diferentes. O que você me aconselharia a fazer, Dorothy?

— Venha conosco — foi a resposta. — Vou tentar encontrar o caminho até a Cidade das Esmeraldas, que fica na Terra Encantada de Oz. A Cidade das Esmeraldas é governada por uma amiga minha, a princesa Ozma, e se conseguirmos chegar lá, tenho certeza de que ela conhecerá uma maneira de enviar você para casa para junto de seu pai.

— Você realmente acha isso? — perguntou Policromia, ansiosa.

— Tenho certeza.

— Então eu vou com vocês — disse a pequena menina. — Viajar vai ajudar a me manter aquecida, e o papai pode me encontrar em uma parte do mundo ou em outra – se ele tiver tempo de procurar por mim.

— Venha conosco então — disse o Homem-Farrapo com alegria, e eles retomaram a viagem mais uma vez.

Polly caminhou ao lado de Dorothy por um tempo, segurando a mão de sua nova amiga como se tivesse medo de soltá-la, mas sua natureza parecia tão leve e flutuante quanto suas roupas e de repente ela saiu andando na frente, girando em uma dança inebriada. Então ela voltou até eles com os olhos brilhantes e o rosto sorridente após ter recuperado seu bom humor costumeiro e ter se esquecido de toda a preocupação por estar perdida.

Eles a acharam uma companheira charmosa, e sua dança e risada – pois ela ria às vezes emitindo um som parecido com as badaladas de um sino – animavam muito a jornada do grupo e os mantinham alegres.

CAPÍTULO 6
A CIDADE DAS BESTAS

Ao meio-dia eles abriram a cesta de almoço do rei-raposa e encontraram um belo peru assado com molho de *cranberry* e algumas fatias de pão e manteiga. Ao se sentarem na grama perto da estrada o Homem-Farrapo cortou o peru com seu canivete e distribuiu seus pedaços entre todos.

— Vocês não têm gotas de orvalho, bolos de neblina ou pãezinhos de nuvens? — perguntou Policromia, nostálgica.

— Claro que não — respondeu Dorothy. — Nós comemos coisas sólidas aqui na Terra. Mas temos uma garrafa de chá gelado. Não quer experimentar um pouco?

A filha do Arco-Íris observou o Botão-Brilhante devorar uma perna de peru.

— Isso é bom? — perguntou ela.

Ele assentiu.

— Você acha que eu poderia comer isso?

— Não esse — respondeu o Botão-Brilhante.

— Não, quero dizer, um outro pedaço?

— Não sei — respondeu ele.

— Bom, vou experimentar, pois estou com muita fome — decidiu ela, e pegou uma fatia pequena de peito de peru que o Homem-Farrapo havia cortado para ela, além de um pedaço de pão e manteiga. Quando experimentou, Policromia gostou do peru – achou que era até melhor do que os bolos de neblina, mas um pedacinho já satisfez sua fome e ela finalizou sua refeição com um pequeno gole de chá gelado.

— Isso é quase o que uma mosca comeria — disse Dorothy, que estava fazendo uma bela refeição. — Mas conheço algumas pessoas em Oz que não comem nada.

— Quem são elas? — perguntou o Homem-Farrapo.

— Uma delas é um espantalho que é recheado de palha, outra, um homem de lata. Eles não têm apetite dentro deles, entende? Por isso nunca comem nada.

— Eles têm vida? — perguntou o Botão-Brilhante.

— Ah, sim — respondeu Dorothy. — E são muito espertos e muito legais também. Se chegarmos a Oz, eu os apresentarei a vocês.

— Você realmente espera chegar a Oz? — perguntou o Homem-Farrapo, tomando um gole do chá gelado.

— Eu não sei o que eu espero — respondeu a criança, com seriedade. — Mas já percebi que sempre que eu me perco é quase certo que eu acabo chegando à Terra de Oz no final, de alguma maneira ou outra, então pode ser que eu acabe chegando lá dessa vez. Mas não posso prometer, sabe, só posso esperar para ver.

— O Espantalho vai me assustar? — perguntou o Botão-Brilhante.

— Não, porque você não é um corvo — respondeu ela. — Ele tem o sorriso mais adorável que você já viu – só que o sorriso é pintado e ele não consegue evitá-lo.

Ao terminar o almoço, o grupo retomou a jornada. O Homem-Farrapo, Dorothy e o Botão-Brilhante caminhando de maneira moderada, lado a lado, e a filha do Arco-Íris dançando alegremente à frente deles.

Em alguns momentos ela disparava pela estrada tão rapidamente que quase desaparecia de vista, então voltava para encontrá-los com sua risada. Mas em uma das vezes ela voltou um pouco mais séria e disse:

— Tem uma cidade um pouco mais para a frente.

— Eu esperava por isso — respondeu Dorothy —, pois as raposas nos alertaram de que havia uma cidade neste caminho. Ela é repleta de algum tipo de bestas estúpidas, mas não devemos ter medo delas, porque não vão nos machucar.

— Tudo bem — disse o Botão-Brilhante, mas Policromia não sabia se estava tudo bem ou não.

— É uma cidade grande — disse ela —, e a estrada passa bem no meio dela.

— Não se preocupe — disse o Homem-Farrapo. — Enquanto eu estiver com o Ímã do Amor todo ser vivo me amará, e você pode ter certeza de que não vou permitir que nenhum de meus amigos seja colocado em algum tipo de risco.

Isso os confortou de certa maneira e eles continuaram caminhando. Logo chegaram a uma placa de sinalização na qual estava escrito:

BURROLÂNDIA A 800 METROS

— Ah — disse o Homem-Farrapo —, se são burros, não precisamos temer.

— Eles podem dar coices — disse Dorothy, em dúvida.

— Então vamos providenciar algumas varinhas para que eles se comportem — respondeu ele.

Na primeira árvore que encontraram, ele mesmo cortou uma vara longa e fina de um dos galhos para ele e varas menores para os outros.

— Não tenham receio de dominar as bestas — disse ele —, elas estão acostumadas com isso.

Logo a estrada os levou até os portões da cidade. Havia um muro alto em toda sua volta que havia sido pintado de branco, e o portão diante dos viajantes era uma simples abertura na parede, sem grades. Não havia torres, campanários ou abóbodas aparentes sobre os muros, nem havia uma única criatura à vista quando nossos amigos se aproximaram.

De repente, quando estavam prestes a entrar pela abertura, ouviram um barulho extremo que tomou conta do lugar e ecoava por todos os lados, até quase ensurdecê-los, e precisaram colocar os dedos nos ouvidos para se protegerem.

Era parecido com o ataque de vários canhões, só que não havia bolas de canhões ou mísseis à vista, era parecido com o barulho de um trovão poderoso, só que não havia uma única nuvem no céu, era parecido com o barulho de altas ondas se quebrando no mar, só que não havia mar ou qualquer outro tipo de água por ali.

Hesitaram em continuar, mas, como o barulho não causou nenhum dano, entraram nos limites dos muros brancos e rapidamente descobriram a causa de toda aquela anarquia. Dentro dos muros, suspensas, havia várias folhas de lata ou de ferro fino e uma fileira de burros dava coices nessas folhas de metal usando toda a força de seus cascos.

O Homem-Farrapo correu até o burro que estava mais próximo e deu uma forte chicotada na besta.

— Pare com esse barulho! — gritou ele, e o burro parou de chutar a folha de metal e virou-se para olhar surpreso para o Homem-Farrapo. Chicoteou o próximo burro e fez com que ele parasse, e então o próximo de maneira que, gradualmente, os cascos pararam de bater no metal e o barulho começou a diminuir. Os burros se agruparam e olharam para os estrangeiros tremendo de medo.

— Qual era a intenção de vocês ao fazer tanto barulho? — perguntou o Homem-Farrapo, com firmeza.

— Estávamos espantando as raposas — disse um dos burros, timidamente. — Elas normalmente saem correndo quando ouvem o barulho, pois ficam com medo dele.

— Não tem nenhuma raposa aqui — disse o Homem-Farrapo.

— Sinto contrariá-lo, mas tem uma raposa aqui, sim — respondeu o burro, sentando-se em seus quadris e apontando na direção do Botão-Brilhante. — Nós o vimos chegando e pensamos que todo o exército de raposas estava a caminho para nos atacar.

— O Botão-Brilhante não é uma raposa — explicou o Homem-Farrapo. — Ele só está usando uma cabeça de raposa por um tempo, até conseguir sua cabeça de volta.

— Ah, entendi — observou o burro, mexendo sua orelha esquerda, pensativo. — Lamento termos cometido esse erro e termos tido todo o trabalho e preocupação por nada.

Nesse momento os outros burros já estavam sentados observando os estrangeiros com seus olhos grandes e brilhantes. Eles formavam uma imagem estranha, realmente, pois usavam coleiras brancas em volta do pescoço, e suas coleiras tinham muitos enfeites e pontos. Os burros cavalheiros usavam chapéus pontudos entre suas grandes orelhas, e os burros damas usavam fitas com buracos para que pudessem ser colocadas em suas orelhas. Mas não usavam nenhuma outra vestimenta além de seus pelos, embora muitos usassem pulseiras douradas e prateadas em suas munhecas frontais e tiras de metais variados em seus tornozelos traseiros. Quando estavam dando coices, eles se apoiaram em suas patas frontais, mas agora todos estavam parados ou sentados em suas patas traseiras e usavam as frontais como se fossem braços. Como não tinham dedos ou mãos, as bestas eram bastante desajeitadas, como vocês podem imaginar, mas Dorothy estava admirada em observar a quantidade de coisas que conseguiam fazer com seus cascos duros e pesados.

Alguns dos burros eram brancos, outros marrons, cinza, pretos ou malhados, mas seu pelo era elegante e suave e seus colares e chapéus davam a eles uma aparência limpa, se não caprichosa.

— Devo dizer que esta é uma boa maneira de receber visitantes! — observou o Homem-Farrapo, em tom reprovador.

— Ah, não queríamos ser mal-educados — respondeu um burro cinza que ainda não havia falado nada. — Mas não esperávamos por vocês, e vocês também não enviaram seus cartões de visita, como deve ser feito.

— Você tem alguma razão aí — admitiu o Homem-Farrapo —, mas agora que vocês já sabem que somos viajantes importantes e distintos, acredito que vão nos tratar com a apropriada consideração.

Tais palavras impressionaram os burros e os fizeram se curvar para o Homem-Farrapo demonstrando grande respeito. O burro cinza disse:

— Vocês serão levados até a nossa gloriosa majestade, o rei Kik-a-bray, que os receberá da maneira que sua posição merece.

— Muito bem — respondeu Dorothy. — Leve-nos até alguém que saiba alguma coisa.

— Ah, todos nós sabemos alguma coisa, minha criança, ou não seríamos chamados de burros — declarou o burro cinza, com dignidade. — A palavra "burro" significa "inteligente", sabe?

— Eu não sabia disso — respondeu ela. — Achei que significava "estúpido".

— De maneira alguma, minha criança. Se você procurar na Enciclopédia dos Burros verá que estou correto. Mas, venham, vou levar vocês até nosso esplêndido, exaltado e mais inteligente governante.

Todos os burros adoram palavras bonitas, então não era de se admirar que o cinza usasse tantas delas de uma só vez.

CAPÍTULO 7
A TRANSFORMAÇÃO DO HOMEM-FARRAPO

Eles viram que as casas da cidade eram todas baixas, quadradas, feitas de tijolos e pintadas de branco por dentro e por fora. As casas não eram enfileiradas, formando ruas, mas construídas aqui e ali de maneira aleatória, o que acabava confundindo o estrangeiro que precisasse encontrar seu caminho.

— Pessoas estúpidas precisam de ruas e casas numeradas em suas cidades, para guiá-las em seus trajetos — observou o burro cinza enquanto andava na frente dos visitantes com suas patas traseiras, de maneira estranha, mas cômica —, mas burros espertos conhecem o caminho sem precisar dessas marcas absurdas. Além disso, uma cidade desordenada é muito mais bonita do que uma com ruas simétricas.

Dorothy não concordava com isso, mas não disse nada para contradizê-lo. Nesse momento ela viu uma placa em uma casa onde estava escrito: "Madame de Fayke, Cascomante".

Ela perguntou ao condutor do grupo:

— O que é uma "cascomante"?

— Alguém que lê a sorte olhando os cascos da pessoa — respondeu o burro cinza.

— Entendi — disse a garotinha. — Vocês são bastante civilizados por aqui.

— Burrolândia — respondeu ele — é o centro da maior civilização do mundo.

Eles chegaram a uma casa onde dois burros jovens estavam branqueando o muro, e Dorothy parou por um momento para observá-los. Eles mergulhavam a ponta de seus rabos, que se pareciam muito com pincéis, em um balde de cal, ficavam de costas para a casa e balançavam seu rabo para a direita e para a esquerda até que a cal tocasse a parede. Depois disso, mergulhavam aqueles pincéis engraçados no balde de novo e repetiam o gesto.

— Isso deve ser divertido — disse o Botão-Brilhante.

— Não, isso é trabalho — respondeu o velho burro —, mas obrigamos nossos jovens a fazer todo o trabalho de branqueamento para que eles não fiquem fazendo travessuras.

— Eles não vão para a escola? — perguntou Dorothy.

— Todos os burros já nascem sábios — foi a resposta —, então a única escola de que eles precisam é a escola da experiência. Livros servem apenas para aqueles que não sabem nada e por isso são obrigados a aprender as coisas com outras pessoas.

— Em outras palavras, quanto mais estúpida é uma pessoa, mais ela pensa que sabe das coisas — observou o Homem-Farrapo.

O burro cinza não prestou atenção a essa fala porque parou em frente a uma casa que tinha, sobre a porta, a pintura de um par de cascos, com um rabo de burro entre eles e uma coroa e cetro grosseiros acima deles.

— Vou confirmar se a magnífica majestade, o rei Kik-a-bray, está em casa — disse ele.

Ele levantou a cabeça e gritou três vezes, em tom estridente:

— Whee-haw! Whee-haw! Whee-haw!

O burro se virou e com seus cascos chutou o painel da porta. Durante algum tempo não houve resposta, então a porta se abriu o suficiente para permitir que a cabeça de um burro fosse colocada para fora e olhasse para eles.

Era uma cabeça branca, com orelhas grandes horríveis e olhos redondos e solenes.

— As raposas já foram embora? — perguntou o animal, com a voz trêmula.

— Elas não vieram para cá, estupenda majestade — respondeu o burro cinza. — Os recém-chegados mostraram-se viajantes distintos.

— Ah — disse o rei, em um tom de voz aliviado. — Deixe-os entrar.

Ele abriu bem a porta, e o grupo marchou para dentro da grande sala que, Dorothy pensou, não se parecia nem um pouco com o palácio de um rei. Havia tapetes de gramas no chão e o lugar era limpo e claro, mas sua majestade não tinha nenhuma outra mobília – talvez porque não precisasse de mobília. Ele se esparramou no centro da sala, e um pequeno burro marrom veio até ele trazendo uma grande coroa de ouro que colocou na cabeça do monarca e um cetro com uma bola preciosa na ponta, que o rei segurou entre seus cascos dianteiros ajeitando-se para se sentar.

— Agora, me digam — disse sua majestade, balançando suas longas orelhas delicadamente para a frente e para trás —, por que estão aqui e o que esperam que eu faça por vocês.

Ele olhou para o Botão-Brilhante com bastante atenção, como se estivesse com medo da cabeça estranha do garotinho, mas foi o Homem-Farrapo quem deu a resposta.

— Nobre e supremo governante de Burrolândia — disse ele, tentando não rir na cara do rei —, somos estrangeiros viajando por seus domínios e entramos em sua magnífica cidade porque a estrada nos trouxe até aqui, e não há nenhum caminho em volta dela. Tudo o que queremos é expressar nosso respeito a sua majestade – o rei mais sábio de todo o mundo, tenho certeza disso – e então continuar nossa viagem.

Tal discurso educado agradou bastante o rei, na verdade, agradou-o tanto que acabou se tornando uma fala infeliz para o Homem-Farrapo. Talvez o Ímã do Amor o tenha ajudado a conquistar a afeição de sua majestade, assim como sua adulação, mas, o que quer que tenha sido, o burro branco olhou gentilmente para o homem que lhe respondeu e disse:

— Apenas um burro pode ser capaz de usar palavras tão elegantes e grandes, e você é inteligente demais e admirável em todos os sentidos para ser um simples homem. Além disso, sinto que amo você tanto quanto amo meu povo privilegiado, por isso vou lhe conceder o maior presente que tenho entre meus poderes: uma cabeça de burro.

Enquanto falava aquilo, acenou com seu cetro precioso. Embora o Homem-Farrapo tenha gritado e tentado pular para trás e escapar, não adiantou. De repente sua cabeça desapareceu e deu lugar a uma cabeça de burro – uma cabeça marrom, desgrenhada, tão absurda e engraçada que Dorothy e Polly caíram na risada e até mesmo a cabeça de raposa do Botão-Brilhante esboçou um sorriso.

— Ó, céus! Ó, céus! — gritou o Homem-Farrapo, sentindo sua nova cabeça desgrenhada e suas longas orelhas. — Que falta de sorte – mas que grande falta de sorte! Devolva-me minha cabeça, seu rei estúpido – se é que você realmente me ama!

— Não gostou da cabeça? — perguntou o rei, surpreso.

— Hee-haw! Detestei! Tire-a daqui, rápido! — disse o Homem-Farrapo.

— Mas eu não posso fazer isso — foi a resposta. — A minha mágica tem um único caminho. Posso FAZER a mágica, mas não posso DESfazê-la. Você vai precisar encontrar o Lago da Verdade e se banhar em suas águas, para recuperar sua cabeça. Mas aconselho você a não fazer isso. Esta cabeça é muito mais bonita do que a sua cabeça antiga.

— Isso é questão de gosto — disse Dorothy.

— Onde fica o Lago da Verdade? — perguntou o Homem-Farrapo, seriamente.

— Em algum lugar na Terra de Oz, mas não sei o local exato — foi a resposta.

— Não se preocupe, Homem-Farrapo — disse Dorothy, sorrindo, porque seu amigo balançava suas novas orelhas de maneira muito engraçada. — Se o Lago da Verdade fica em Oz, certamente o encontraremos quando chegarmos lá.

— Ah! Vocês estão indo para a Terra de Oz? — perguntou o rei Kik-a-bray.

— Eu não sei — repetiu ela —, mas nos disseram que estávamos mais perto da Terra de Oz do que do Kansas, e se isso é verdade, então a maneira mais rápida de eu voltar para casa é encontrando Ozma.

— Haw-haw! Você conhece a poderosa princesa Ozma? — perguntou o rei, surpreso e interessado.

— É claro que sim, ela é minha amiga — disse Dorothy.

— Então talvez você possa me fazer um favor — continuou o burro branco, bastante animado.

— Qual favor? — perguntou ela.

— Talvez você pudesse conseguir um convite para eu ir à comemoração de aniversário da princesa Ozma, que vai ser a maior recepção real que já aconteceu na Terra Encantada. Eu adoraria estar presente.

— Hee-haw! Você merece ser punido e não recompensado por me dar essa cabeça terrível — disse o Homem-Farrapo com tristeza.

— Eu queria que você não dissesse "hee-haw" com tanta frequência — disse Policromia para ele —, me dá arrepios.

— Mas não consigo evitar, minha querida. Minha cabeça de burro quer zurrar o tempo todo — respondeu ele.

— A sua cabeça de raposa não quer uivar a cada minuto? — perguntou ele para o Botão-Brilhante.

— Não sei — disse o garoto, ainda olhando para as orelhas do Homem-Farrapo. As orelhas pareciam interessá-lo bastante, e a visão também o fez esquecer-se de sua própria cabeça de raposa, o que era reconfortante.

— O que você acha, Polly? Devo prometer um convite para a festa de Ozma para o rei burro? — perguntou Dorothy para a filha do Arco-Íris, que esvoaçava pela sala como se fosse um raio de sol, pois não conseguia ficar parada.

— Faça como achar melhor, querida — respondeu Policromia. — Ele pode ajudar a entreter os convidados da princesa.

— Então, se você nos oferecer uma refeição, um lugar para passarmos a noite e nos permitir retomar nossa viagem amanhã bem cedo — disse Dorothy para o rei — pedirei para Ozma convidar você, se eu conseguir chegar em Oz.

— Ótimo! Hee-haw! Excelente! — gritou Kik-a-bray, muito satisfeito. — Vocês terão uma excelente refeição e camas confortáveis. O que vocês preferem, farelo triturado ou aveia com casca?

— Nenhum dos dois — respondeu Dorothy rapidamente.

— Talvez vocês prefiram feno puro ou um pouco de suco de grama doce — sugeriu Kik-a-bray, pensativo.

— Isso é tudo o que vocês têm para comer? — perguntou a garota.

— O que mais você deseja?

— Bom, veja só, não somos burros — explicou ela — e por isso estamos acostumados com outro tipo de comida. As raposas nos serviram uma boa refeição na Vila das Raposas.

— Nós gostaríamos de um pouco de gotas de orvalho e bolos de neblina — disse Policromia.

— Eu prefiro maçãs, e um sanduíche de presunto — declarou o Homem-Farrapo. — Pois, embora eu tenha cabeça de burro, ainda tenho meu estômago próprio.

— Eu quero torta — disse o Botão-Brilhante.

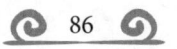

— Acho que prefiro um bife e bolo de chocolate — disse Dorothy.

— Hee-haw! Eu declaro! — exclamou o rei. — Parece que cada um de vocês quer uma comida diferente. Como são estranhas as criaturas, com exceção dos burros!

— Burros como vocês são as criaturas mais estranhas de todas — gargalhou Policromia.

— Bem — declarou o rei —, acho que meu cetro mágico vai conseguir providenciar as coisas que vocês desejam, se vocês têm mau gosto, a culpa não é minha.

Assim, ele movimentou seu cetro com a bola preciosa, e perante o grupo apareceu instantaneamente uma mesa de chá, arrumada com toalha de linho e lindas louças, e sobre a mesa estavam todas as coisas que cada um deles desejou. O bife de Dorothy estava bem quente, e as maçãs do Homem-Farrapo estavam carnudas e bem vermelhas. O rei não pensou em pedir cadeiras, por isso todos ficaram em pé em seus lugares ao redor da mesa e comeram com bastante apetite, pois estavam com fome. A filha do Arco-Íris encontrou três pequenas gotas de orvalho em um prato de cristal, e o Botão-Brilhante devorou com vontade um grande pedaço de torta de maçã.

Depois o rei chamou o burro marrom, que era seu criado favorito, e ordenou que ele levasse os convidados para a casa vazia onde passariam a noite. A casa tinha apenas um cômodo e nenhuma mobília além das camas estofadas com palha limpa e alguns cobertores feitos de grama, mas nossos viajantes ficaram satisfeitos com essas simples instalações, pois perceberam que era o melhor que o rei tinha para lhes oferecer. Assim que anoiteceu, eles se deitaram em seus cobertores e dormiram confortavelmente até o amanhecer.

Quando o dia raiou, ouviu-se um barulho terrível por toda a cidade. Cada burro do lugar zurrava. Ao ouvir isso, o Homem-Farrapo acordou e zurrou "Hee-haw!" o mais alto que conseguiu.

— Pare com isso! — disse o Botão-Brilhante, com a voz brava.

Dorothy e Polly olharam para o Homem-Farrapo com ar de reprovação.

— Não pude evitar, minhas queridas — disse ele, como se estivesse com vergonha —, mas vou tentar não fazer isso de novo.

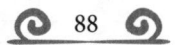

É claro que elas o desculparam, pois ele ainda tinha o Ímã do Amor em seu bolso e todos eram obrigados a amá-lo.

O grupo não viu o rei de novo, mas Kik-a-bray lembrou-se deles, pois uma mesa apareceu novamente no cômodo com a mesma comida da noite anterior sobre ela.

— Não quero torta para o café da manhã — disse o Botão-Brilhante.

— Vou te dar um pouco do meu bife — sugeriu Dorothy —, tem o suficiente para todos nós.

O garoto gostou da sugestão, mas o Homem-Farrapo disse que estava satisfeito com suas maçãs e sanduíches, embora tenha terminado a refeição comendo a torta do Botão-Brilhante. Polly preferiu suas gotas de orvalho e bolos de neblina a qualquer outra comida e então todos desfrutaram de um excelente café da manhã. Totó comeu os restos do bife e acomodou-se bem em suas patas traseiras enquanto Dorothy o alimentava.

O grupo terminou de comer o café da manhã e passou pela vila em direção ao lado oposto ao qual entraram nela, com o burro criado marrom guiando-os pelo labirinto de casas espalhadas pela cidade. Havia uma estrada novamente, que seguia para longe em direção às terras desconhecidas que vinham pela frente.

— O rei Kik-a-bray pediu para você não se esquecer do convite dele — disse o burro marrom quando eles passaram pela abertura no muro.

— Não vou me esquecer — prometeu Dorothy.

Talvez ninguém nunca tenha visto um grupo mais estranho do que aquele que andava agora pela estrada, através dos lindos campos verdes e passando por bosques de pimenteiras carregadas e mimosas perfumadas. Policromia, com seu lindo vestido esvoaçante flutuando em volta dela como se fosse uma nuvem colorida, ia na frente, dançando para trás e para a frente e correndo de um lado para pegar uma flor selvagem, ou de outro para observar um besouro atravessando o caminho. Totó corria atrás dela às vezes, latindo com alegria por um tempo, retomando sua compostura depois para voltar a andar perto de Dorothy. A pequena garota do Kansas caminhava segurando firme a mão do Botão-Brilhante, e o garotinho com a cabeça de raposa coberta pelo chapéu de marinheiro tinha uma aparência estranha. Mas talvez o mais estranho de todos fosse o Homem-Farrapo, com sua cabeça de burro desgrenhada, que se arrastava no final da fila com as mãos enfiadas dentro do bolso.

Na verdade, ninguém do grupo estava infeliz. Estavam todos perdidos em uma terra desconhecida e haviam sofrido, alguns mais e outros menos, algum tipo de incômodo e desconforto, mas o grupo percebeu que estava envolvido em uma aventura no mundo encantado, em um país encantado, e estavam bastante interessados em descobrir o que aconteceria em seguida.

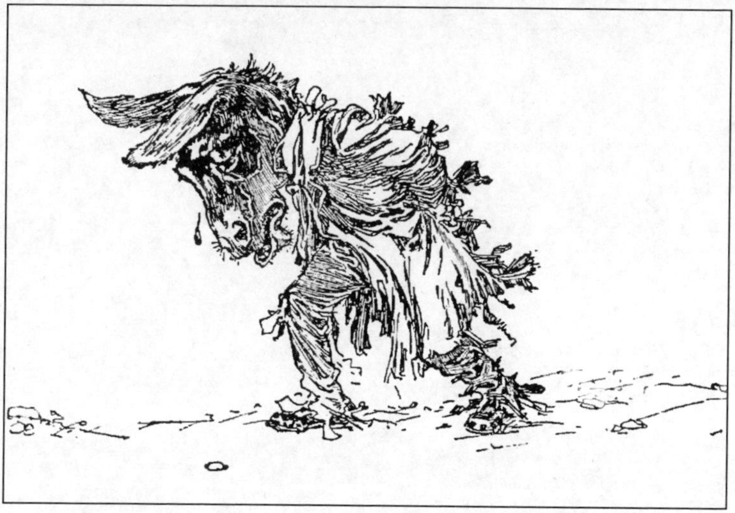

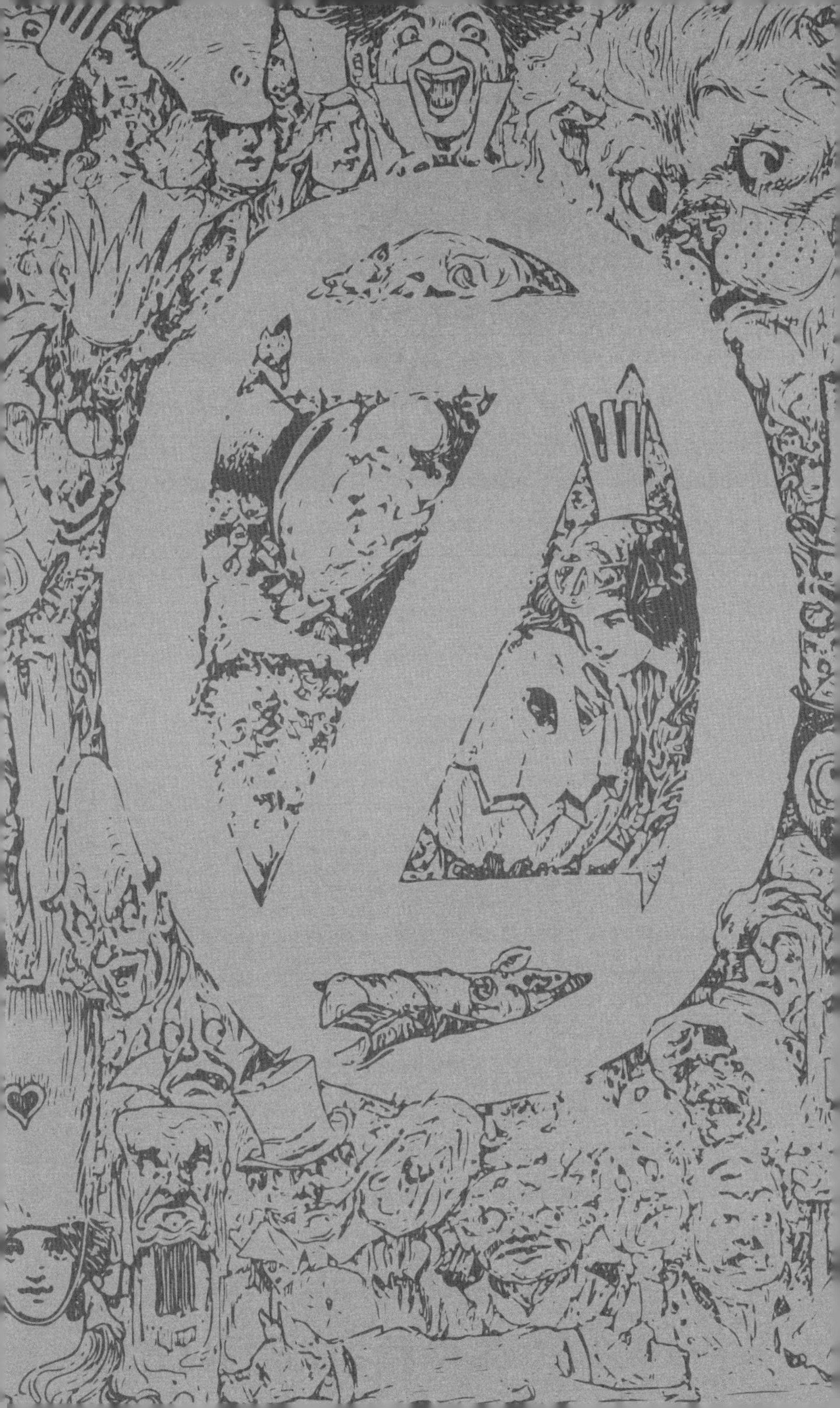

CAPÍTULO 8
O MÚSICO

Lá pelo meio da manhã eles começaram a subir um longo morro. Aos poucos esse morro se tornou um lindo vale, onde os viajantes viram, para sua surpresa, uma pequena casa ao lado da estrada.

Era a primeira casa que eles viam e apressaram-se na direção do vale para descobrir quem morava ali. Ao se aproximarem não viram ninguém, mas, quando chegaram mais perto da casa, ouviram um barulho estranho vindo lá de dentro. A princípio não conseguiram entender que barulho era aquele, mas como o barulho foi ficando mais alto, nossos amigos pensaram estar ouvindo um tipo de música como aquela produzida por um realejo. A música chegava em seus ouvidos da seguinte maneira:

Tiddle-widdle-iddle oom pom-pom!
Oom, pom-pom! oom, pom-pom!
Tiddle-tiddle-tiddle oom pom-pom!
Oom, pom-pom – pah!

— Que barulho é esse, uma banda ou uma gaita? — perguntou Dorothy.

— Não sei — disse o Botão-Brilhante.

— Isso me parece uma vitrola — disse o Homem-Farrapo, levantando suas enormes orelhas para escutar.

— Ah, não poderia existir uma rabiola na Terra Encantada! — exclamou Dorothy.

— O som é lindo, não é? — comentou Policromia, tentando dançar conforme a música.

Tiddle-widdle-iddle, oom pom-pom!
Oom pom-pom, oom pom-pom!

A música chegava a seus ouvidos de maneira mais distinta à medida que eles se aproximavam da casa. Logo viram um homem pequeno e gordo sentado em um banco em frente à porta. Ele usava uma jaqueta vermelha, trançada, que ia até a sua cintura, um colete azul e calças brancas com listras douradas nas laterais. Em sua cabeça careca havia um pequeno chapéu redondo, vermelho, preso embaixo de seu queixo com um elástico. Seu rosto era redondo, seus olhos eram azuis e usava luvas de algodão. O homem estava apoiado sobre um cajado robusto com a ponta dourada, inclinado para a frente em seu assento para olhar os visitantes que se aproximavam.

Por mais estranho que pareça, o som que eles ouviam parecia vir de dentro do próprio homem gordinho, pois ele não tocava nenhum instrumento musical e nenhum instrumento musical podia ser visto perto dele.

Eles se aproximaram e formaram uma fileira, ficaram olhando para ele e ele olhava de volta enquanto os sons estranhos continuavam saindo de dentro dele:

Tiddle-iddle-iddle, oom pom-pom,

Oom, pom-pom, oom pom-pom!

Tiddle-widdle-iddle, oom pom-pom,

Oom, pom-pom – pah!

— Ora, aqui está um músico de verdade! — disse o Botão-Brilhante.

— O que é um músico? — perguntou Dorothy.

— Ele! — disse o garoto.

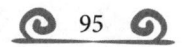

Ao ouvir isso, o gordinho sentou-se um pouco mais ereto do que antes, como se tivesse recebido um elogio, e os sons continuaram sendo ouvidos:

Tiddle-widdle-iddle, oom pom-pom!

Oom pom-pom, oom –

— Pare com isso! — gritou o Homem-Farrapo, com seriedade. — Pare com esse barulho terrível.

O gordinho olhou para ele com tristeza e começou a responder. Ao falar, a música tinha outra letra e parecia acompanhar as notas musicais. Ele disse, ou melhor, cantou:

Não é um barulho o que você está a escutar,
Mas música, harmônica e clara para alegrar.
Minha respiração me faz cantar
Como um órgão, desde o meu despertar –
Aquela nota grave está no meu ouvido esquerdo a tocar.

— Que engraçado! — exclamou Dorothy. — Ele diz que sua respiração produz a música.

— Isso tudo é bobagem — declarou o Homem-Farrapo, mas então a música começou novamente e todos ouviram com atenção.

Meus pulmões estão cheios de teclas
Como aquelas que existem nos órgãos,
Por isso, suponho que,
Se eu inspirar e expirar pelo meu nariz,
As teclas sempre vão tocar
E, como eu respiro para viver,

Solto música ao fazer isso,
Sinto muito que isso aconteça –
Perdoem-me minha melodia, eu imploro!

— Pobre homem — disse Policromia —, ele não tem como evitar. Que grande infortúnio o dele!

— Sim — respondeu o Homem-Farrapo —, não só somos obrigados a ouvir esta música por um tempo, até irmos embora, como o coitado camarada precisará ouvir o barulho que faz enquanto viver, e isso é o suficiente para enlouquecê-lo. Vocês não acham?

— Não sei — disse o Botão-Brilhante.

Totó disse:

— Au-au!

E todos começaram a rir.

— Talvez seja por isso que ele mora sozinho — especulou Dorothy.

— Sim. Se ele tivesse vizinhos, talvez eles acabassem com ele — respondeu o Homem-Farrapo.

Tudo isso foi falado enquanto o músico gordinho respirava e emitia suas notas musicais:

Tiddle-tiddle-iddle, oom, pom-pom,

E o grupo precisava falar mais alto para que conseguissem se entender. O Homem-Farrapo disse:

— Quem é você, senhor?

A resposta veio no formato de música:

Sou Allegro da Capo, um homem muito famoso,
Tente encontrar outro como eu, que cante grave ou agudo,
e que seja tão formoso.
Algumas pessoas tentam, mas não conseguem tocar
E precisam sempre treinar,
Mas eu sou musical, para variar,
Desde o início de minha vida.

— Ora, acho que ele tem orgulho de ser assim — exclamou Dorothy. — E me parece que já ouvi músicas piores do que essa.

— Onde? — perguntou o Botão-Brilhante.

— Não me lembro agora. Mas o Senhor Da Capo é certamente uma pessoa estranha, não é? E talvez seja o único desse tipo em todo o mundo.

Este comentário pareceu agradar o músico gordinho, pois ele inchou o peito, parecendo uma pessoa importante, e cantou o seguinte:

Não carrego nenhuma banda comigo,
E, ainda assim, sou uma banda!
Não preciso me esforçar para produzir minhas rimas
Mas, por outro lado,
Meu som é sempre desprovido
De bemols e outros erros,
Enxergar de maneira clara e ser natural é
Para mim,
O menor dos terrores.

— Não entendo muito bem isso — disse Policromia, com um olhar intrigado. — Mas talvez seja porque estou acostumada apenas com a música das esferas.

— O que é isso? — perguntou o Botão-Brilhante.

— Ah, Polly quis dizer a atmosfera e o hemisfério, eu acho — explicou Dorothy.

— Ah — disse o Botão-Brilhante.

— Au-au! — latiu Totó.

Mas o músico ainda estava respirando seu constante "*Oom, pom-pom, Oom pom-pom*" e aquele barulho parecia incomodar muito o Homem-Farrapo.

— Pare com esse barulho, pode ser? — gritou ele, bravo. — Ou então respire baixinho ou coloque prendedores de roupas no seu nariz. Faça qualquer coisa!

Mas o gordinho, com o olhar triste, cantou sua resposta:

A música tem seu charme,

E é capaz de suavizar até mesmo o mais irritado, é o que dizem,

Então, se você se sente irritado

Apenas ouça o meu som,

Pois só assim você conseguirá se acalmar.

Ao ouvir isso, o Homem-Farrapo precisou gargalhar, e quando gargalhou abriu bastante sua boca de burro. Dorothy disse:

— Não sei se a poesia dele é boa, mas parece combinar com as notas musicais, então, isso é tudo o que temos.

— Eu gosto da música — disse o Botão-Brilhante, que olhava para o músico, com suas pequenas pernas afastadas.

Para a surpresa de seus companheiros, o garoto fez uma pergunta longa:

— Como seria se eu engolisse uma gaita?

— Você seria uma gaitinha — disse o Homem-Farrapo. — Mas, venham, meus queridos, acho que o melhor que temos a fazer é continuar nossa jornada antes que o Botão-Brilhante engula alguma coisa. Precisamos encontrar a tal Terra de Oz.

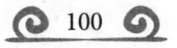

Ao ouvir isso o músico cantou, rapidamente:
Se vocês vão para a Terra de Oz
Levem-me com você, meu rapaz
Pois estou ansioso para tocar
A canção mais adorável
No aniversário de Ozma.

— Não, obrigada — disse Dorothy —, preferimos viajar só nós. Mas se encontrar Ozma, direi a ela que você quer ir à festa de aniversário.

— Vamos logo — apressou o Homem-Farrapo, ansioso.

Polly já estava dançando na estrada, bem ao longe, e os outros se viraram para ir atrás dela. Totó não gostou do músico gordinho e deu uma mordida em sua perna carnuda. Dorothy rapidamente pegou o cachorrinho e apressou-se a se juntar a seus companheiros, que estavam andando mais rápido do que de costume para se afastarem do barulho. Eles precisaram subir um morro, e até chegarem ao topo dele continuaram ouvindo o barulho monótono do músico:

Oom, pom-pom, oom, pom-pom,
Tiddle-iddle-widdle, oom, pom-pom,
Oom, pom-pom – pah!

Ao alcançarem o topo da colina, porém, e descerem para o outro lado, o barulho começou a diminuir e isso os deixou bastante aliviados.

— Fico feliz por não precisarmos morar com o homem-órgão, você não fica, Polly? — perguntou Dorothy.

— Sim, eu fico feliz. — respondeu a filha do Arco-Íris.

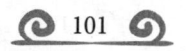

— Ele é legal — declarou o Botão-Brilhante, sensato.

— Espero que a sua amiga, princesa Ozma, não o convide para a comemoração de seu aniversário — observou o Homem-Farrapo. — A música do camarada levaria seus convidados à loucura. Você me fez pensar uma coisa, Botão-Brilhante, acredito que o músico deve ter engolido um acordeão quando jovem.

— O que é um acordeão? — perguntou o garoto.

— É um tipo de instrumento musical — explicou Dorothy, colocando o cachorro no chão.

— Au-au! — latiu Totó, que saiu correndo em disparada atrás de uma abelha.

CAPÍTULO 9
ENFRENTANDO OS SCOODLERS

A região não era tão bonita agora. Perante os viajantes, aparecia uma planície rochosa rodeada de colinas nas quais nada crescia. Eles estavam se aproximando de algumas montanhas baixas também, e a estrada que antes era suave e agradável agora era acidentada e irregular.

Botão-Brilhante tropeçou mais de uma vez, e Policromia parou de dançar porque agora a caminhada era tão difícil que ela não tinha problemas para se manter aquecida.

Já estavam no período da tarde, mas o grupo ainda não tinha almoçado. Comeram apenas duas maçãs que o Homem-Farrapo havia pegado na mesa do café da manhã. Ele dividiu a fruta em quatro pedaços e distribuiu para cada um de seus companheiros. Dorothy e o Botão-Brilhante ficaram felizes com sua parte, mas Polly se satisfez apenas com um pequeno pedaço, e Totó não gostava de maçãs.

— Você sabe se é mesmo esta estrada que leva até a Cidade das Esmeraldas? — perguntou a filha do Arco-Íris.

— Não, eu não sei — respondeu Dorothy. — Mas este é o único caminho por aqui, então precisamos chegar ao fim dele.

— Agora parece que logo chegaremos ao fim — observou o Homem-Farrapo. — E o que faremos se isso acontecer?

— Não sei — disse o Botão-Brilhante.

— Se eu tivesse meu Cinto Mágico — respondeu Dorothy, pensativa — ele nos seria bastante útil agora.

— O que é esse Cinto Mágico? — perguntou Policromia.

— É algo que peguei do rei Nomo um dia, e ele consegue fazer praticamente qualquer coisa maravilhosa. Mas deixei o cinto com Ozma, sabe, porque a magia não funciona no Kansas, apenas nas terras encantadas.

— Aqui é uma terra encantada? — perguntou o Botão-Brilhante.

— Achei que você soubesse disso — respondeu a garotinha, em tom sério. — Se não fosse uma terra encantada, como você poderia ter uma cabeça de raposa, e o Homem-Farrapo uma cabeça de burro? Além disso, a filha do Arco-Íris seria invisível.

— O que é isso? — perguntou o garoto.

— Você parece não saber nada, Botão-Brilhante. Invisível é uma coisa que não conseguimos ver.

— Então o Totó é invisível — declarou o garoto e Dorothy pensou que ele estava certo.

Totó havia desaparecido da vista deles, mas eles conseguiam ouvi-lo latir furiosamente entre os montes de rochas cinza à frente deles.

Andaram um pouco mais rápido para entender por que o cachorro latia e descobriram pendurada na ponta de uma rocha na beira da estrada uma criatura curiosa. Ela tinha o formato de um homem, de tamanho médio e bastante esbelto e gracioso, mas como ele estava sentado em silêncio e imóvel sobre a pedra, eles perceberam que seu rosto era preto como tinta, e ele usava uma roupa preta que parecia mais uma roupa de baixo bem colada à sua pele. Suas mãos também eram pretas, e os dedos de seus pés estavam curvados, como os dedos de um pássaro. A criatura era toda preta com exceção do cabelo, que era de um dourado bonito que caía em cima de sua testa preta e era bem curto nas laterais.

Seus olhos, que estavam fixos no cachorro que latia, eram pequenos e brilhantes e pareciam os olhos de uma doninha.

— O que vocês acham que é isso? — perguntou Dorothy baixinho, enquanto o pequeno grupo de viajantes observava a estranha criatura.

— Não sei — disse o Botão-Brilhante.

A coisa deu um pulo e virou-se, sentando-se no mesmo lugar, mas agora mostrando a outra parte de seu corpo para eles. Em vez de preto, agora era totalmente branco, com o rosto parecido com o de um palhaço de circo e o cabelo roxo brilhante. A criatura conseguia se curvar dos dois lados, e seus dedos brancos estavam virados para baixo da mesma maneira que os dedos negros do outro lado.

— Ele tem rosto na frente e atrás — sussurrou Dorothy —, ele não tem costas, são duas frentes.

Depois de ter se virado, o ser continuou sentado imóvel como antes, enquanto Totó latia mais alto para o homem branco do que havia latido para o negro.

— Eu já tive uma marionete desse tipo, com dois rostos — disse o Homem-Farrapo.

— Ela tinha vida? — perguntou o Botão-Brilhante.

— Não — respondeu o Homem-Farrapo. — Ela tinha cordas e era feita de madeira.

— Será que esta funciona com cordas também? — perguntou Dorothy, mas Policromia deu um grito:

— Vejam!

Uma outra criatura exatamente como a primeira apareceu de repente e sentou-se em outra pedra, com seu lado negro virado para eles. As duas viraram suas cabeças e exibiram uma cabeça negra no lado branco de uma e uma cabeça branca no lado negro da outra.

— Que curioso — disse Policromia —, e as cabeças delas parecem ser soltas! Elas são nossas amigas? O que vocês acham?

— Não sei dizer, Polly — respondeu Dorothy. — Vamos perguntar.

As criaturas moveram-se, primeiro para um lado, depois para o outro, mostrando seus lados pretos ou brancos alternadamente, e agora uma outra se juntou a elas, aparecendo em outra rocha. Nossos amigos haviam chegado a um pequeno buraco no monte, e o lugar onde estavam agora era cercado por picos irregulares, com exceção do lugar por onde a estrada passava.

— Agora são quatro — disse o Homem-Farrapo.

— Cinco — declarou Policromia.

— Seis — disse Dorothy.

— São muitos deles! — gritou o Botão-Brilhante, e lá estavam eles – uma bela fileira de criaturas que tinham um lado branco e outro preto, sentadas nas pedras por todos os lados.

Totó parou de latir e correu para o meio dos pés de Dorothy, onde se agachou por estar com medo. As criaturas não pareciam agradáveis ou amigáveis, certamente, e a cara de burro do Homem-Farrapo ficou séria, de fato.

— Pergunte quem eles são e o que eles querem — sussurrou Dorothy, e então o Homem-Farrapo gritou alto:

— Quem são vocês?

— Scoodlers! — gritaram em coro, com a voz clara e aguda.

— O que vocês querem? — perguntou o Homem-Farrapo.

— Vocês! — gritaram eles, apontando seus dedos finos para o grupo, e todos se moveram, então, todos ficaram brancos, e depois todos se moveram de novo e ficaram pretos.

— Mas o que vocês querem fazer com a gente? — perguntou o Homem-Farrapo, incomodado.

— Sopa! — gritaram, como se tivessem uma só voz.

— Minha nossa! — disse Dorothy, tremendo um pouco. — Acho que os Scoodlers são canibais.

— Não quero virar sopa — protestou o Botão-Brilhante, começando a chorar.

— Silêncio, querido — disse a garotinha, tentando confortá-lo. — Nenhum de nós quer virar sopa. Mas, não se preocupe, o Homem-Farrapo vai cuidar de nós.

— Vai? — perguntou Policromia, que não estava gostando nem um pouco dos Scoodlers e estava bem perto de Dorothy.

— Vou tentar — prometeu o Homem-Farrapo, mas ele parecia preocupado.

Naquele momento, ele sentiu o Ímã do Amor em seu bolso e disse para as criaturas, com um pouco mais de confiança:

— Vocês não me amam?

— Amamos! — gritaram todos juntos.

— Então vocês não devem me machucar, nem machucar meus amigos — disse o Homem-Farrapo, com firmeza.

— Nós amamos ter você em nossa sopa! — gritaram eles, e rapidamente se viraram para seus lados brancos.

— Que horrível! — disse Dorothy. — Chegou o momento, Homem-Farrapo, em que você é amado demais.

— Não quero virar sopa! — resmungou o Botão-Brilhante novamente, e Totó começou a choramingar amedrontado, como se ele também não quisesse virar sopa.

— A única coisa a fazer — disse o Homem-Farrapo para seus amigos, em voz baixa — é sair deste buraco nas rochas o mais rápido que conseguirmos e deixar os Scoodlers para trás. Sigam-me, meus queridos, e não prestem atenção no que eles fizerem ou falarem.

Assim ele começou a marchar pela estrada em direção à abertura nas rochas à frente, e os outros foram bem atrás dele. Mas os Scoodlers se juntaram na frente deles para barrar sua passagem, e então o Homem-Farrapo abaixou-se e pegou uma pedra, que jogou nas criaturas para assustá-las e tirá-las do caminho.

Com isso os Scoodlers soltaram um uivo. Dois deles tiraram a cabeça dos ombros e as jogaram contra o Homem-Farrapo com tanta força que ele caiu em um monte, bastante atordoado. Os dois então correram rapidamente, pegaram suas cabeças e as colocaram de novo sobre seus ombros, voltando em seguida para suas posições nas rochas.

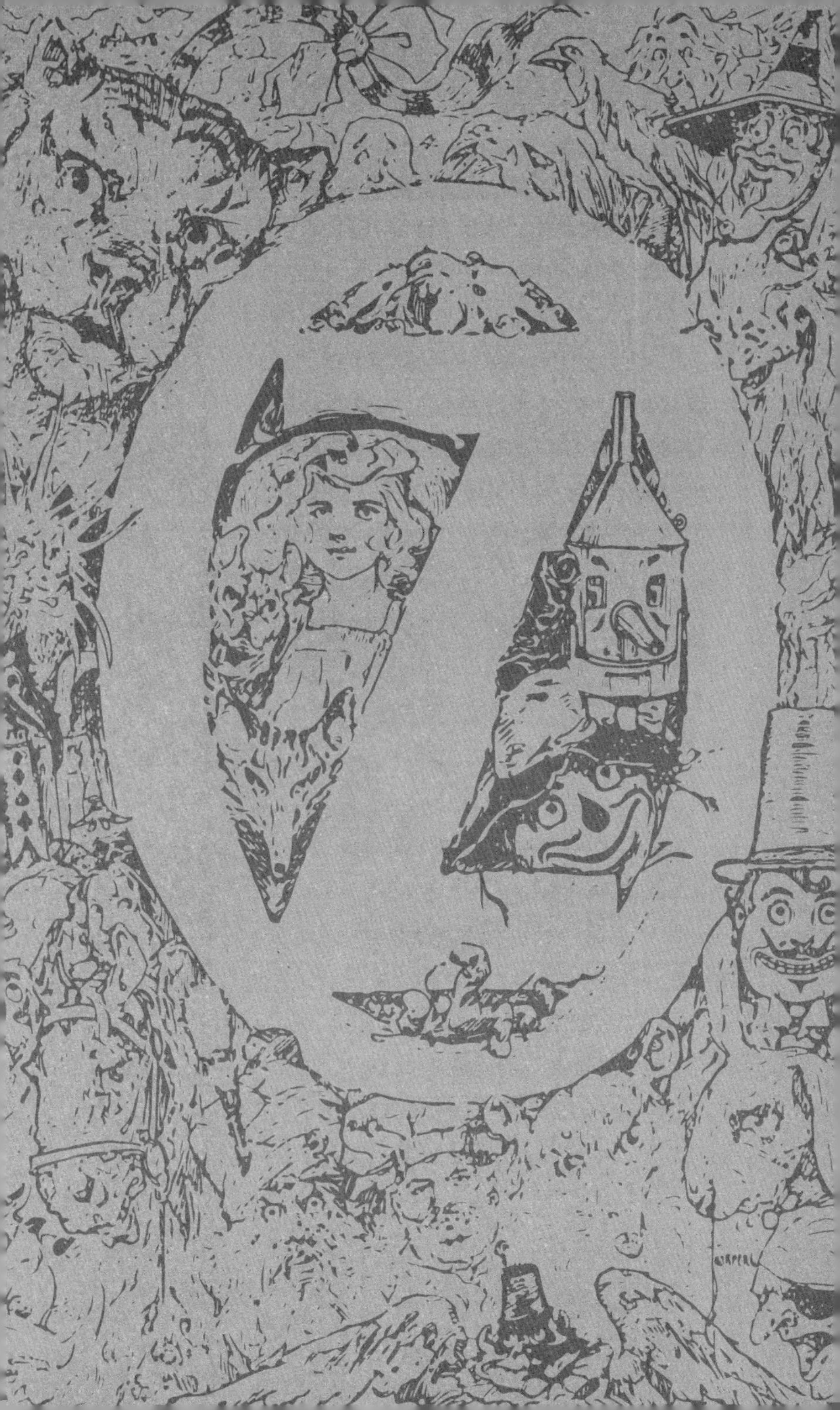

CAPÍTULO 10
FUGINDO DO CALDEIRÃO DE SOPA

O Homem-Farrapo levantou-se e tocou seu corpo para ver se estava machucado, mas não estava. Uma das cabeças havia atingido seu peito, e a outra seu ombro esquerdo, e, embora elas o tivessem derrubado, as cabeças não eram pesadas o suficiente para o machucarem.

— Venham — disse ele com firmeza —, precisamos dar um jeito de sair daqui — e começou novamente a andar.

Os Scoodlers começaram a gritar e a jogar suas cabeças em nossos amigos assustados. O Homem-Farrapo foi derrubado de novo, assim como o Botão-Brilhante, que bateu os calcanhares no chão e gritou o mais alto que conseguiu, embora não tenha se machucado nem um pouco. Uma cabeça atingiu Totó também, que primeiro ganiu e depois agarrou a cabeça pela orelha e saiu correndo com ela.

Os Scoodlers que jogaram suas cabeças começaram a se mexer e a correr para pegá-las de volta com maravilhosa rapidez, mas aquele cuja cabeça Totó havia roubado teve dificuldades para recuperá-la. A cabeça não podia ver seu corpo com seus olhos, pois o cachorro estava na frente, então o Scoodler sem cabeça tropeçou nas pedras mais de uma vez na tentativa de reconquistar a parte de cima de seu corpo. Totó estava tentando sair das rochas e jogar a cabeça morro abaixo, mas alguns dos outros Scoodlers vieram resgatar seu companheiro infeliz e atingiram o cachorro com suas próprias cabeças até que ele foi obrigado a soltar seu fardo e correr de volta para Dorothy.

A garotinha e a filha do Arco-Íris haviam escapado da chuva de cabeças, mas perceberam agora que seria inútil tentar fugir dos terríveis Scoodlers.

— Podemos também nos render — declarou o Homem-Farrapo, com a voz pesarosa, enquanto se levantava de novo.

Virou para os inimigos e perguntou:

— O que vocês querem que façamos?

— Venham! — gritaram eles em um coro triunfante e logo pularam das pedras e cercaram seus prisioneiros por todos os lados.

Um aspecto engraçado sobre os Scoodlers é que eles podiam andar em qualquer direção, ir ou vir, sem se virar, porque tinham dois rostos e, como Dorothy disse, "dois lados da frente", e seus pés tinham o formato da letra T de ponta-cabeça. Eles se movimentavam com bastante rapidez e havia algo em seus olhos brilhantes, em suas cores contrastantes e em suas cabeças removíveis que enchia os pobres prisioneiros de terror e os fazia querer fugir.

Mas as criaturas levaram seus prisioneiros embora para longe das rochas e da estrada, morro abaixo por uma passagem lateral até que chegaram a uma montanha baixa de pedras que parecia uma grande tigela virada para baixo. Na beirada desta montanha havia um fosso profundo – tão profundo que, quando se olhava para dentro dele, não era possível enxergar nada além da escuridão. Atravessando o fosso havia uma ponte de pedras estreita, e na outra ponta da ponte havia uma abertura arcada que levava para dentro da montanha.

Os Scoodlers conduziram seus prisioneiros pela ponte, atravessaram a abertura para dentro da montanha, que eles descobriram ser uma imensa cúpula oca iluminada por vários buracos no teto. Em toda a volta do espaço circular havia casas feitas de pedra, próximas umas das outras, cada casa com uma porta na parede da frente. Nenhuma dessas casas tinha mais do que um metro e oitenta de largura, mas os Scoodlers eram pessoas magras e não precisavam de muito espaço. A cúpula era tão ampla que havia um espaço grande no meio da caverna, na frente de todas essas casas, onde as criaturas podiam se reunir em um grande corredor.

Ao ver um grande caldeirão de ferro suspenso por uma corrente forte no meio do lugar, Dorothy estremeceu, e embaixo do caldeirão havia uma grande pilha de madeira, pronta para que colocassem fogo nela.

— O que é aquilo? — perguntou o Homem-Farrapo, recuando quando eles se aproximaram do lugar, de maneira que os Scoodlers foram forçados a empurrá-lo para a frente.

— O caldeirão de sopa! — gritaram os Scoodlers, e então continuaram:

— Estamos com fome!

O Botão-Brilhante, que segurava a mão de Dorothy de um lado e a de Polly do outro, foi tão afetado pelo grito que começou a chorar de novo, repetindo o protesto:

— Não quero virar sopa, não quero!

— Não se preocupe — disse o Homem-Farrapo em tom consolador —, eu devo ser suficiente para alimentar todos eles, sou tão grande. Então vou pedir para me colocarem no caldeirão primeiro.

— Está bem — disse o Botão-Brilhante, mais animado.

Mas os Scoodlers ainda não estavam prontos para fazer a sopa. Levaram os prisioneiros para uma casa do outro lado da caverna – uma casa que era um pouco maior do que as outras.

— Quem mora aqui? — perguntou a filha do Arco-Íris.

Os Scoodlers que estavam perto dela responderam:

— A rainha.

Dorothy ficou esperançosa ao saber que era uma mulher que governava essas criaturas ferozes, mas um momento depois eles foram empurrados por dois ou três deles para uma sala sombria e vazia - e sua esperança desapareceu.

A rainha dos Scoodlers mostrou ser uma pessoa ainda mais horrorosa em aparência do que qualquer uma das pessoas de seu povo. De um lado ela era de um vermelho ardente, com o cabelo preto e os olhos verdes e do outro era um amarelo-vivo, com cabelo púrpura e olhos pretos. Usava uma saia curta vermelha e amarela e seu cabelo, em vez de ter franja, era enrolado em cachos curtos que caíam sobre sua coroa de prata circular – bastante bagunçado e embaraçado, porque a rainha já havia jogado sua cabeça inúmeras vezes. Seu aspecto era magro e esquelético e seus dois rostos eram bastante enrugados.

— O que temos aqui? — perguntou a rainha bruscamente quando nossos amigos apareceram na frente dela.

— Sopa! — gritaram os Scoodlers, falando todos ao mesmo tempo.

— Não somos sopa! — disse Dorothy, indignada. — Não somos nada parecidos com isso.

— Ah, mas logo serão — respondeu a rainha, com um sorriso sombrio, deixando sua aparência ainda mais aterrorizante do que antes.

— Peço perdão, minha mais linda visão — disse o Homem-Farrapo, inclinando-se perante a rainha com educação. — Devo solicitar a sua serena alteza que nos deixe seguir nosso caminho sem sermos transformados em sopa. Pois eu possuo o Ímã do Amor e quem quer se depare comigo deve amar a mim e a meus amigos.

— Verdade — respondeu a rainha. — Nós amamos muito vocês, tanto que pretendemos comer o seu caldo com prazer. Mas, me diga, você acha que eu sou bonita?

— Você não será bonita se me comer — disse ele, balançando a cabeça com tristeza. — As ações valem mais do que a aparência, sabe?

A rainha olhou para o Botão-Brilhante.

— Você acha que eu sou bonita? — perguntou ela.

— Não — disse o garoto —, você é feia.

— Eu acho você medonha — disse Dorothy.

— Se você se olhasse no espelho, certamente ficaria com medo — acrescentou Polly.

A rainha olhou para o grupo com desconfiança e virou de seu lado vermelho para seu lado amarelo.

— Leve-os embora — ordenou ela para o guarda — e às seis horas leve-os até o cortador de carne e coloque o caldeirão de sopa para ferver. E ponha bastante sal no caldo desta vez, ou punirei severamente os cozinheiros.

— Com cebolas, majestade? — perguntou um dos guardas.

— Com bastante cebola, alho e uma pitada de pimenta vermelha. Agora, vão!

Os Scoodlers levaram os prisioneiros embora e os trancaram em uma das casas, deixando apenas um único Scoodler para vigiá-los.

O lugar era um tipo de armazém, continha sacos de batatas e cestas de cenouras, cebolas e nabos.

— Usamos isso — disse o guarda, apontando para os vegetais — para temperar nossas sopas.

Os prisioneiros estavam bastante desanimados neste momento, pois não enxergavam uma maneira de fugir e não sabiam quanto tempo faltava para as seis horas, momento em que o cortador de carnes começaria a funcionar. Mas o Homem-Farrapo era corajoso e não pretendia se entregar a tal destino terrível sem lutar.

— Vou lutar por nossas vidas — sussurrou ele para as crianças —, pois se eu fracassar não ficaremos em uma situação pior do que a que estamos, e ficar sentado aqui em silêncio até sermos transformados em sopa seria besteira e covardia.

O Scoodler que fazia a guarda estava perto da porta e virou primeiro seu lado branco na direção deles e então seu lado preto, como se quisesse mostrar a todos os seus quatro olhos gulosos a visão de tantos prisioneiros carnudos. Os prisioneiros estavam sentados com ar de tristeza na outra ponta da sala – menos Policromia, que dançava para frente e para trás no pequeno lugar para se manter aquecida, pois sentia o frio da caverna. Sempre que ela se aproximava do Homem-Farrapo ele sussurrava algo em seu ouvido, e Polly balançava sua linda cabeça como se tivesse entendido o que ele falou.

O Homem-Farrapo pediu que Dorothy e o Botão-Brilhante ficassem na frente dele enquanto ele tirava as batatas de um dos sacos. Quando isso havia sido feito secretamente, a pequena Policromia, dançando perto do guarda, de repente esticou sua mão e bateu em seu rosto, girando para longe em seguida e voltando rapidamente para junto de seus amigos.

O Scoodler irritado rapidamente pegou sua cabeça e jogou-a na direção da filha do Arco-Íris, mas o Homem--Farrapo estava esperando por isso e pegou a cabeça com habilidade, guardando-a no saco e amarrando-o. O corpo do guarda, sem ter os olhos para guiá-lo, correu de um lado para o outro sem rumo, e o Homem-Farrapo passou facilmente por ele e abriu a porta. Felizmente, não havia ninguém na grande caverna naquele momento, então ele disse a Dorothy e Polly para correrem o mais rápido que conseguissem até a entrada e para atravessarem a ponte estreita.

— Eu levo o Botão-Brilhante — disse ele, pois ele sabia que as pernas do garotinho eram curtas demais para correr.

Dorothy pegou Totó no colo e então segurou a mão de Polly e correu rapidamente na direção da entrada da caverna. O Homem-Farrapo colocou o Botão-Brilhante em seus ombros e correu atrás delas. Eles correram tão velozmente e sua fuga foi tão inesperada que já estavam quase na ponte quando um dos Scoodlers olhou para fora de sua casa e os viu.

A criatura soltou um grito agudo que trouxe todos os seus companheiros para fora de suas numerosas portas e logo eles saíram em perseguição ao grupo. Dorothy e Polly haviam chegado à ponte e a atravessaram quando os Scoodlers começaram a atirar suas cabeças. Um dos mísseis malucos atingiu o Homem-Farrapo nas costas e quase o derrubou, mas ele estava na abertura da caverna neste momento e então colocou o Botão-Brilhante no chão e disse ao garoto para atravessar a ponte e ir ao encontro de Dorothy.

Então o Homem-Farrapo virou-se e enfrentou os inimigos parado bem na entrada da caverna, e tão rápido quanto eles arremessavam suas cabeças nele, ele as pegava e jogava no buraco negro abaixo. Os corpos sem cabeça dos primeiros Scoodlers impediam que os outros se aproximassem, mas estes também jogaram suas cabeças na tentativa de impedir a fuga dos prisioneiros. O Homem-Farrapo pegou todas as cabeças e as jogou no buraco negro. Entre elas, ele percebeu que estava a cabeça púrpura e amarela da rainha, e esta ele jogou depois das outras com muito boa vontade.

Agora todos os Scoodlers do lugar haviam atirado suas cabeças, e todas elas foram jogadas no fosso profundo, e agora os corpos inúteis das criaturas estavam misturados na caverna movimentando-se em vão na tentativa de descobrir o que acontecera com suas cabeças. O Homem-Farrapo gargalhou e atravessou a ponte para se juntar a seus companheiros.

— Por sorte eu aprendi a jogar beisebol quando jovem — observou ele —, pois peguei todas aquelas cabeças com facilidade e não deixei nenhuma escapar. Mas, venham, meus pequenos, os Scoodlers nunca mais vão incomodar a nós nem a ninguém.

O Botão-Brilhante ainda estava com medo e insistia:
— Não quero virar sopa!

Afinal, a vitória havia sido conquistada tão de repente que o garoto não conseguia perceber que estava livre e em segurança. Mas o Homem-Farrapo lhe assegurou que todo o perigo de serem transformados em sopa agora não existia mais, pois os Scoodlers não seriam capazes de comer sopa por um bom tempo.

Então agora, ansiosos para sair da terrível caverna sombria o mais rápido possível, eles se apressaram morro acima e retomaram a estrada logo depois do ponto onde haviam encontrado os Scoodlers, e vocês podem ter certeza de que eles estavam felizes por colocarem seus pés naquele velho e conhecido caminho mais uma vez.

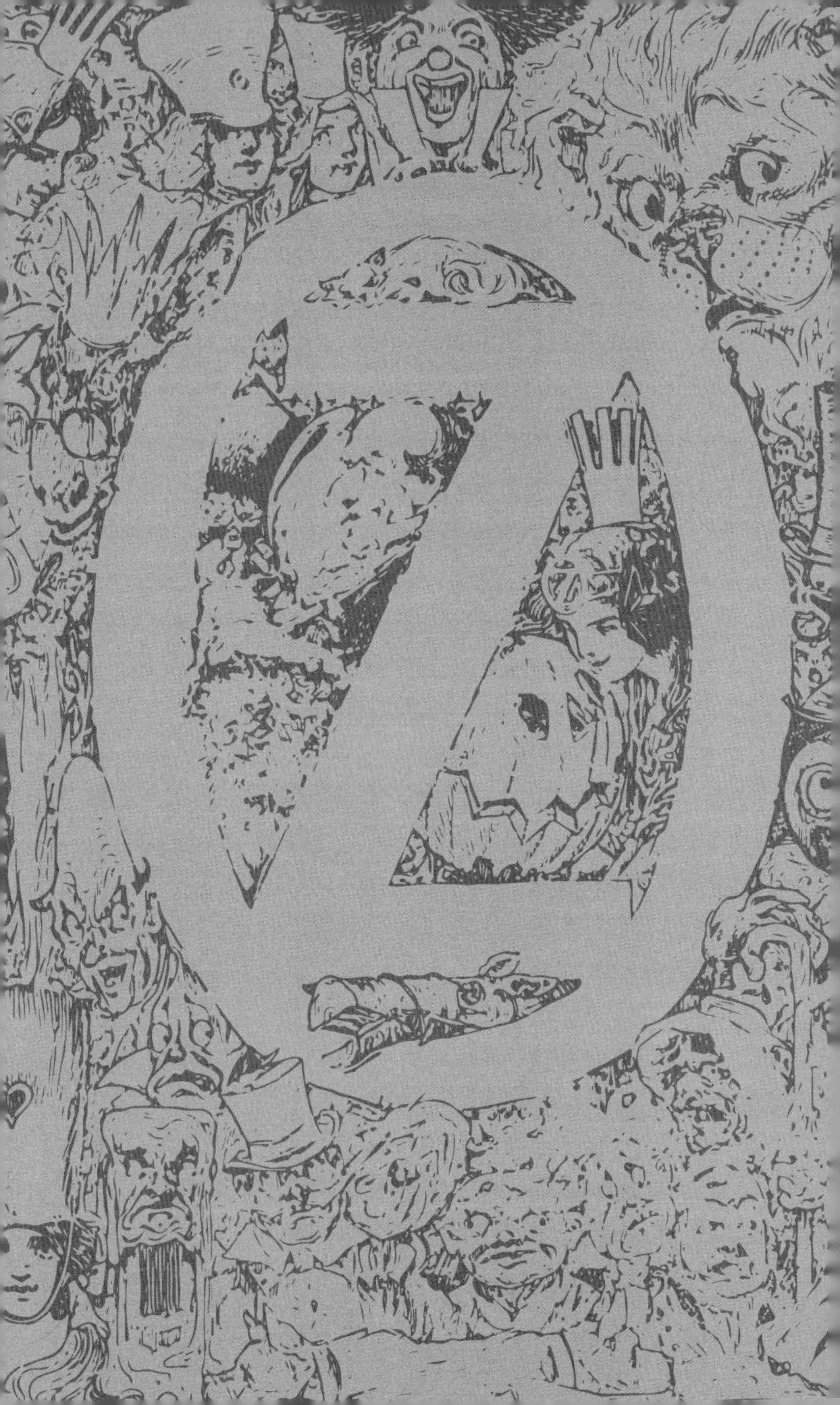
OZ

CAPÍTULO 11
JOHNNY, O FAZEDOR, REALMENTE FAZ

— Está ficando bem difícil andar — disse Dorothy, enquanto eles caminhavam.

O Botão-Brilhante respirou fundo e disse que estava com fome. Na verdade, todos estavam, e com sede também, pois não tinham comido nada além de maçãs desde o café da manhã, então seus passos eram dados devagar e eles estavam em silêncio e cansados. Finalmente eles passaram devagar pelo cume de uma colina árida e viram à frente deles uma fileira de árvores verdes com grama a seus pés. Um aroma agradável foi sentido por eles.

Nossos viajantes, com calor e cansados, correram em direção a essa vista refrescante e logo chegaram nas árvores. Ali encontraram uma nascente de água pura borbulhante. Em volta da água a grama era repleta de morangos selvagens, bem vermelhos e prontos para serem consumidos. Algumas das árvores tinham laranjas amarelas e outras peras avermelhadas, então os aventureiros esfomeados de repente se viram repletos do que comer e beber. Não perderam tempo ao colher os maiores morangos e as laranjas mais maduras e logo se deleitaram para a satisfação de todos. Andando além da fileira de árvores, eles viram um deserto amedrontador e sombrio: tudo era areia cinzenta. Na beirada deste terrível espaço desperdiçado havia uma sinalização grande, com letras pretas muito bem-pintadas, que diziam:

AVISO PARA TODAS AS PESSOAS NÃO SE AVENTUREM POR ESTE DESERTO

Areias mortais transformarão qualquer ser vivo em pó em um instante.

Do outro lado deste deserto fica a

TERRA DE OZ,

mas ninguém pode chegar naquelas lindas terras por causa destas areias destruidoras.

— Ah — disse Dorothy, quando o Homem-Farrapo leu a sinalização em voz alta. — Já vi este deserto antes, e é verdade, ninguém que tenta andar sobre suas areias sobrevive.

— Então não devemos nos arriscar — disse o Homem-Farrapo, pensativo. — Mas como não podemos seguir em frente e não adianta nada voltarmos, o que vamos fazer agora?

— Não sei — respondeu o Botão-Brilhante.

— Eu também não sei — acrescentou Dorothy, desanimada.

— Queria que o papai viesse me buscar — suspirou a linda filha do Arco-Íris. — Eu levaria todos vocês comigo para viver no Arco-Íris, onde vocês poderiam dançar em seus raios do amanhecer ao final do dia, sem se preocupar com nada. Mas acho que papai está ocupado demais agora para me procurar pelo mundo.

— Não quero dançar — disse o Botão-Brilhante, sentando-se exausto na grama suave.

— Agradeço a sua intenção, Polly — comentou Dorothy —, mas existem outras coisas para se fazer que são mais apropriadas para mim além de dançar no Arco-Íris. Além disso, receio que eles sejam um pouco suaves e escorregadios para os meus pés, embora sejam muito bonitos de se ver.

Isso não ajudou a resolver o problema, e eles ficaram em silêncio e olharam um para o outro em tom questionador.

— Eu realmente não sei o que fazer — murmurou o Homem-Farrapo, olhando atento para Totó.

O cachorrinho abanou o rabo e disse:

— Au, au! — como se ele também não soubesse dizer o que fazer.

O Botão-Brilhante pegou um pauzinho e começou a cavar a terra e os outros o observaram por um tempo, envolvidos em seus pensamentos. Por fim, o Homem-Farrapo disse:

— Já é quase noite, então podemos dormir neste lindo lugar e descansar. Talvez amanhã pela manhã consigamos decidir o que fazer.

Havia pouca chance de se improvisar camas para as crianças, mas as folhas das árvores cresciam grossas e serviriam para protegê-los do orvalho da noite. Assim, o Homem-Farrapo empilhou grama macia na maior sombra e, quando ficou escuro, eles se deitaram e dormiram tranquilamente até o amanhecer.

Bem depois de os outros estarem dormindo, porém, o Homem-Farrapo sentou-se sob o céu estrelado na beira da nascente, olhando pensativo para suas águas borbulhantes. De repente, ele sorriu e balançou a cabeça para si mesmo, como se tivesse pensado em alguma coisa boa e depois disso ele, também, deitou-se embaixo de uma árvore e logo estava perdido em seu sono.

Sob o brilhante sol da manhã, enquanto comiam os morangos e as doces e suculentas peras, Dorothy perguntou:

— Polly, você consegue fazer mágica?

— Não, querida — respondeu Policromia, balançando sua cabeça delicada.

— Você deve saber fazer ALGUMA mágica, você é filha do Arco-Íris — continuou Dorothy, com sinceridade.

— Mas nós, que moramos no Arco-Íris entre as nuvens macias, não servimos para fazer mágica — respondeu Policromia.

— O que eu gostaria mesmo é de encontrar uma maneira de atravessar o deserto, ir para a Terra de Oz e então para a Cidade das Esmeraldas — disse Dorothy. — Eu já atravessei o deserto, sabe, mais de uma vez. Primeiro um ciclone me levou com minha casa e tudo, e um par de sapatos de prata me levou de volta, em meio segundo. Depois Ozma me levou com ela em seu Tapete Mágico, e o Cinto Mágico do rei Nomo me levou de volta para casa. Você percebe, foi mágica que me levou e me trouxe de volta todas as vezes, com exceção da primeira, e não podemos esperar que um ciclone aconteça para nos levar para a Cidade das Esmeraldas dessa vez.

— Não mesmo — respondeu Polly com um arrepio. — Odeio ciclones.

— Por isso eu queria saber se você sabe fazer alguma mágica — disse a garotinha do Kansas. — Eu sei que eu não sei, e tenho certeza de que o Botão-Brilhante não sabe também, e a única magia que o Homem-Farrapo carrega com ele é o Ímã do Amor, que não vai nos ajudar muito.

— Não tenha tanta certeza disso, minha querida — disse o Homem-Farrapo, com um sorriso em sua cara de burro. — Posso não ser capaz de fazer mágica, mas posso chamar um amigo poderoso, que me ama porque tenho o Ímã do Amor, e esse amigo certamente conseguirá nos ajudar.

— Quem é o seu amigo? — perguntou Dorothy.

— Johnny, o Fazedor.

— O que Johnny faz?

— Qualquer coisa — respondeu o Homem-Farrapo, com confiança.

— Peça para ele vir! — exclamou ela, animada.

O Homem-Farrapo pegou o Ímã do Amor em seu bolso e tirou o papel que o envolvia. Segurando o amuleto na palma de sua mão, olhou para ele e disse as seguintes palavras:

Querido Johnny Fazedor, venha até mim.
Preciso muito de você.

— Bem, aqui estou — disse uma voz alegre —, mas você não devia dizer que precisa muito de mim, pois tudo o que eu faço é sempre MUITO.

Ao ouvir isso, o grupo se virou rapidamente e viu um homenzinho engraçado sentado em um grande baú de cobre, soprando fumaça de um longo cachimbo. Seu cabelo era cinza, seus bigodes eram cinza e eram tão longos que ele havia enrolado suas pontas em seu pulso e os amarrara com um nó forte embaixo do avental de couro que ia de seu queixo até quase seus pés, que eram sujos e arranhados como se estivessem trabalhando há bastante tempo. Seu nariz era largo, e um pouco levantado, mas seus olhos eram brilhantes e alegres. As mãos e os braços do homenzinho eram tão duros e ásperos quanto o couro de seu avental, e Dorothy achou que Johnny, o Fazedor, parecia ter feito bastante coisa durante toda a sua vida.

— Bom-dia, Johnny — disse o Homem-Farrapo. — Obrigado por ter vindo tão rápido.

— Nunca perco tempo — disse o recém-chegado, prontamente. — Mas o que aconteceu com você? Onde você arrumou essa cabeça de burro? É sério, eu não saberia que era você, Homem-Farrapo, se não tivesse olhado para os seus pés.

O Homem-Farrapo apresentou Johnny, o Fazedor para Dorothy, Totó, Botão-Brilhante e para a filha do Arco-Íris, e contou a ele suas aventuras, acrescentando que estavam ansiosos agora para chegar à Cidade das Esmeraldas, na Terra de Oz, onde Dorothy tinha amigos que os levariam de volta para casa em segurança.

— Mas — disse ele — descobrimos que não podemos atravessar esse deserto, que transforma todos os seres vivos que o tocam em pó, então precisei chamar você para nos ajudar.

Johnny, o Fazedor, soprou seu cachimbo e olhou com cuidado para o terrível deserto à frente deles — que se esticava a uma distância tão grande que era impossível enxergar o seu fim.

— Vocês precisam embarcar — disse ele, rapidamente.

— Em quê? — perguntou o Homem-Farrapo.

— Em um barco de areia, que tem patins como os de um trenó e velas como as de um navio. O vento fará vocês atravessarem rapidamente o deserto e a areia não tocará vocês. Assim, vocês não serão transformados em pó.

— Ótimo! — gritou Dorothy, batendo suas mãos com alegria. — Foi assim que o Tapete Mágico nos ajudou a atravessar o deserto. Não precisamos tocar na terrível areia também.

— Mas onde está o navio de areia? — perguntou o Homem-Farrapo, olhando em volta.

— Vou construir para vocês — disse Johnny, o Fazedor.

Enquanto falava, ele tirou as cinzas de seu cachimbo e guardou-o em seu bolso. Então, destrancou o baú de cobre e levantou a tampa. Dorothy viu que o baú estava cheio de ferramentas brilhantes de todos os tipos e formatos.

Johnny, o Fazedor, movia-se rapidamente agora. Tão rapidamente que o grupo estava impressionado com o trabalho que ele era capaz de realizar. Dentro de seu baú ele tinha uma ferramenta para tudo o que queria fazer, e deviam ser ferramentas mágicas, pois trabalhavam na mesma rapidez que ele.

O homem cantarolava uma música enquanto trabalhava, e Dorothy tentou escutá-la. Ela achou ter ouvido algo assim:

A única maneira de fazer algo
É fazer enquanto você é capaz,
E fazer com alegria e cantando
E trabalhar, pensar e planejar.
A única pessoa infeliz
É aquela que se atreve a fugir,
A única pessoa realmente feliz
É aquela que quer trabalhar.

Não importa o que Johnny, o Fazedor, estava cantando, o que importa é o que ele estava fazendo, e todos ficaram perto observando-o, impressionados.

Ele pegou um machado e com algumas investidas derrubou uma árvore. Então, pegou uma serra e em poucos minutos serrou o tronco da árvore, transformando-o em tábuas amplas e longas. Então pregou as tábuas juntas no formato de um barco, de aproximadamente três metros e meio de comprimento e um metro de largura. Cortou de uma outra árvore uma vara, comprida e fina, que, depois de cortar seus galhos e colocá-la em pé no meio do navio, serviu como mastro. De dentro do baú ele pegou um rolo de corda e um grande pacote de lona, e com isso – ainda cantarolando a música – ele montou uma vela, arrumando de maneira que ela pudesse ser levantada ou abaixada sobre o mastro.

Dorothy suspirou maravilhada ao ver a coisa crescer tão rapidamente diante de seus olhos, e tanto o Botão-Brilhante quanto Polly pareciam absortos no mesmo interesse.

— Precisa ser pintado — disse Johnny, o Fazedor, jogando suas ferramentas de volta no baú —, para ficar mais bonito. Mas, embora eu possa pintá-lo para vocês em três segundos, levaria uma hora para secar, e seria uma perda de tempo.

— Não nos importamos com a aparência — disse o Homem-Farrapo —, contanto que ele nos ajude a atravessar o deserto.

— Ele fará isso — declarou Johnny, o Fazedor. — Vocês só precisam se preocupar em não deixar que ele tombe. Vocês já pilotaram um navio?

— Eu já vi um navio sendo pilotado — disse o Homem-Farrapo.

— Ótimo. Conduza esse barco da maneira como você viu o navio ser conduzido e vocês atravessarão a areia mais rápido do que imaginam.

Assim ele fechou a tampa do baú, e o barulho fez todos piscarem os olhos. Enquanto piscavam, o homem desapareceu, com suas ferramentas e todo o resto.

CAPÍTULO 12
A TRAVESSIA DO DESERTO DA MORTE

— Ah, que pena! — exclamou Dorothy. — Eu queria agradecer Johnny, o Fazedor, por toda a gentileza dele conosco.

— Ele não tem tempo para agradecimentos — respondeu o Homem-Farrapo —, mas tenho certeza de que ele sabe que estamos agradecidos. Acredito que ele já esteja fazendo alguma coisa em uma outra parte do mundo.

Passaram então a observar com mais cuidado o barco de areia e viram que sua parte de baixo era modelada com dois patins afiados que os fariam deslizar sobre a areia. A parte da frente do barco era pontuda como a proa de um navio, e havia um leme na popa para ser conduzido.

Ele tinha sido construído na beirada do deserto, por isso toda sua extensão estava sobre a areia, com exceção da parte de trás, que ainda ficava sobre a grama.

— Entrem, meus queridos — disse o Homem-Farrapo —, tenho certeza de que consigo conduzir este barco tão bem quanto qualquer marinheiro. Tudo o que vocês precisam fazer é sentarem-se quietinhos em seus lugares.

Dorothy entrou, com Totó nos braços, e sentou-se no fundo do navio, bem em frente ao mastro. Botão-Brilhante sentou-se na frente de Dorothy, e Polly apoiou-se na proa. O Homem-Farrapo ajoelhou-se atrás do mastro. Quando todos estavam prontos, ele levantou a vela a meio mastro. O vento a atingiu. Logo o barco de areia começou a se mover – devagar, em um primeiro momento, e então em alta velocidade. O Homem-Farrapo puxou a vela para cima, e eles saíram navegando tão rápido sobre o Deserto da Morte que todos precisaram se segurar nas laterais do barco e mal se atreveram a respirar.

A areia formava ondas e em alguns lugares era bastante irregular, por isso, o barco balançava perigosamente de um lado para o outro, mas não chegou a virar, e a velocidade era tão grande que o próprio Homem-Farrapo ficou com medo e começou a se perguntar como conseguiria fazer o barco navegar mais devagar.

— Se formos jogados na areia, no meio do deserto — pensou Dorothy — viraremos pó em poucos minutos e este será o nosso fim.

Mas eles não foram jogados na areia e aos poucos Policromia, agarrada à proa e olhando para a frente, viu uma linha escura à frente deles e imaginou o que seria aquilo. A linha foi ficando mais clara a cada segundo, até ela perceber que era uma fileira de rochas no final do deserto, e além das rochas, ela conseguia ver um planalto de grama verde e lindas árvores.

— Cuidado! — gritou ela para o Homem-Farrapo. — Vá mais devagar, senão vamos ser esmagados pelas pedras.

Ele a ouviu e tentou abaixar a vela, mas o vento não permitia que a ampla lona fosse abaixada, e as cordas estavam enroladas.

Eles chegavam cada vez mais perto, e o Homem-Farrapo estava desesperado, pois não conseguia fazer nada para parar a corrida selvagem do barco de areia.

Alcançaram a beirada do deserto e colidiram diretamente com as rochas. Houve uma batida e Dorothy, Botão-Brilhante, Totó e Polly voaram no ar como se fossem foguetes, um após o outro, aterrissando lá na frente sobre a grama, onde saíram rolando e tombando por um tempo até conseguirem parar.

O Homem-Farrapo voou atrás deles, primeiro com a cabeça, e parou em um monte ao lado de Totó, que, estando agitado demais no momento, pegou uma das orelhas do burro com seus dentes e sacudiu-a e mordeu-a o mais forte que conseguia, rosnando irritado. O Homem-Farrapo fez o cachorrinho soltá-lo e sentou-se, olhando para os lados.

Dorothy estava com a mão em um de seus dentes da frente, que estava mole por tê-lo batido no joelho quando ela caiu. Polly olhava com tristeza para um buraco em seu lindo vestido, e a cabeça de raposa do Botão-Brilhante ficara presa em um buraco de esquilo e ele balançava suas perninhas freneticamente na tentativa de se soltar.

Tirando isso, eles não se machucaram com a aventura. O Homem-Farrapo levantou-se e tirou o Botão-Brilhante do buraco. Foi até a beirada do deserto e olhou o barco de areia. Era um simples amontoado de resíduos, sem forma, esmagado nas rochas. O vento havia rasgado a vela e a levado para o topo de uma árvore alta, onde seus fragmentos voavam, lembrando uma bandeira branca.

— Bom — disse ele, com alegria —, aqui estamos, mas onde é esse aqui eu não sei.

— Deve ser alguma parte da Terra de Oz — observou Dorothy, chegando ao lado dele.

— Deve?

— É claro que sim. Atravessamos o deserto, não foi? E em algum lugar no meio de Oz fica a Cidade das Esmeraldas.

— Com certeza — disse o Homem-Farrapo, balançando a cabeça. — Então, vamos para lá.

— Mas não estou vendo ninguém por aqui para nos mostrar o caminho — continuou ela.

— Vamos procurar alguém — sugeriu ele. — Deve ter pessoas em algum lugar, mas talvez elas não estivessem esperando por nós, e por isso não estão por aqui para nos receber.

CAPÍTULO 13
O LAGO DA VERDADE

Neste momento, então, o grupo examinou melhor a terra ao redor deles. Tudo era diferente e bonito depois do calor do deserto e o brilho do sol, e o clima doce e fresco era encantador para os viajantes. Podiam ver pequenos montes de grama amarelada à frente, do lado direito, enquanto à esquerda havia um grupo de árvores altas e frondosas com flores amarelas que pareciam ser borlas e pompons. No tapete de gramado, o chão era coberto por lindos botões-de--ouro, prímulas e calêndulas. Depois de olhar para isso por um tempo, Dorothy disse, pensativa:

— Devemos estar na Terra dos Winkies, pois a cor dessa terra é amarela e vocês vão ver que quase tudo aqui é amarelo.

— Mas achei que aqui era a Terra de Oz — respondeu o Homem-Farrapo, bastante desapontado.

— E é — declarou ela —, mas a Terra de Oz é dividida em quatro partes. O norte da região é roxo, e é a Terra do Gillikins. O leste é azul, e é a Terra dos Munchkins. No sul tudo é vermelho, e é a Terra dos Quadlings, e aqui, no oeste, fica a terra amarela dos Winkies. Esta é a parte de Oz que é governada pelo Homem de Lata.

— Quem é ele? — perguntou o Botão-Brilhante.

— Ora, ele é o homem feito de lata sobre quem falei para vocês. O nome dele é Nick Chopper, e ele tem um coração adorável que lhe foi dado pelo maravilhoso Mágico.

— E onde ELE mora? — perguntou o garoto.

— O Mágico? Ah, ele mora na Cidade das Esmeraldas, que fica bem no meio de Oz, onde os quatro cantos das terras se encontram.

— Ah — disse o Botão-Brilhante, intrigado com a explicação.

— Devemos estar um pouco longe da Cidade das Esmeraldas — observou o Homem-Farrapo.

— Isso é verdade — respondeu ela —, por isso, é melhor irmos andando para ver se encontramos alguns Winkies. Eles são pessoas boas — continuou falando enquanto o pequeno grupo começou a andar em direção às árvores —, passei por aqui uma vez na companhia de meus amigos, o Espantalho, o Homem de Lata e o Leão Covarde, para enfrentarmos a Bruxa Má que havia transformado os Winkies em seus escravos.

— E vocês a derrotaram? — perguntou Polly.

— Bem, eu a derreti com um balde de água, e esse foi o fim dela — respondeu Dorothy. — Depois disso o povo foi libertado, sabe, e eles nomearam Nick Chopper – que é o Homem de Lata – seu imperador.

— O que é isso? — perguntou o Botão-Brilhante.

— Imperador? Ah, acho que é algo parecido com um vereador.

— Ah — disse o garoto.

— Mas eu achei que a princesa Ozma governasse Oz — comentou o Homem-Farrapo.

— Ela governa, ela governa a Cidade das Esmeraldas e as quatro terras de Oz, mas cada terra tem um outro governante, não tão poderoso quanto Ozma. Pense, por exemplo, nos oficiais de um exército, os governantes das terras são os capitães, e Ozma é o general.

Neste momento eles haviam chegado nas árvores, que formavam um círculo perfeito e ficavam distantes umas das outras apenas o suficiente, de maneira que seus galhos grossos se tocavam – ou "davam as mãos", como observou o Botão-Brilhante. Embaixo da sombra das árvores encontraram, no meio do círculo, um lago de cristal, com a água tão parada que parecia vidro. Devia ser fundo também, pois, quando Policromia se inclinou sobre ele, soltou um pequeno suspiro de prazer.

— Ora, é um espelho! — gritou ela, pois conseguia enxergar seu lindo rosto e seu vestido suave e colorido refletidos na piscina, tão natural quanto a vida.

Dorothy inclinou-se sobre ele também e começou a arrumar seu cabelo, desarrumado pelo vento do deserto, formando mechas embaraçadas. O Botão-Brilhante inclinou-se em seguida e então começou a chorar, pois a visão da cabeça de raposa assustou a pobre criatura.

— Acho que nem vou olhar — observou o Homem-Farrapo, triste, pois não gostava de sua cabeça de burro também.

Enquanto Polly e Dorothy tentavam reconfortar Botão-Brilhante, o Homem-Farrapo sentou-se na beirada do lago, onde sua imagem não podia ser refletida, e ficou olhando para a água pensativo. Ao fazer isso, percebeu a existência de uma placa prateada presa a uma pedra logo abaixo da superfície da água e nela estavam escritas as seguintes palavras:

LAGO DA VERDADE

— Ah! — gritou o Homem-Farrapo, ficando em pé com bastante alegria. — Nós o encontramos, finalmente!

— Encontramos o quê? — perguntou Dorothy, correndo até ele.

— O Lago da Verdade. Agora, finalmente, posso me livrar dessa medonha cabeça, pois nos disseram, você se lembra, que apenas o Lago da Verdade poderia devolver minha antiga cabeça.

— Eu também! — gritou o Botão-Brilhante, correndo para junto deles.

— Vocês dois vão ficar livres de suas cabeças, eu acho. Não é sorte termos encontrado o lago?

— É mesmo — respondeu o Homem-Farrapo. — Eu detestaria encontrar a princesa Ozma com essa aparência, ainda mais para comemorar o aniversário dela.

Neste momento um barulho os assustou, pois o Botão-Brilhante, em sua ansiedade para que o lago "curasse" seu problema, aproximara-se demais da beirada do lago e tombou de cabeça dentro da água. Ele afundou, ficando totalmente fora da vista do grupo, e apenas seu chapéu de marinheiro ficou flutuando na água do lago.

Logo subiu de volta, e o Homem-Farrapo o puxou pelo colarinho de sua roupa, arrastando-o para a beirada, pingando e ofegante à procura de ar. Todos olharam para o garoto admirados, pois sua cabeça de raposa com nariz longo e orelhas pontudas havia desaparecido e em seu lugar estava o rosto redondo, os olhos azuis e os lindos cachos do Botão-Brilhante antes de o rei Dox de Vila das Raposas tê-lo transformado.

— Ah, que graça! — gritou Polly, e ela teria abraçado o pequeno se ele não estivesse tão molhado.

As exclamações de alegria do grupo fizeram o garoto tirar a água de seus olhos e olhar para os amigos com ar questionador.

— Agora está tudo bem, querido — disse Dorothy. — Venha e olhe.

Ela o levou até o lago e, embora ainda houvesse algum movimento na superfície da água, ele conseguia enxergar seu reflexo plenamente.

— Sou eu! — exclamou ele, em um sussurro alegre e impressionado.

— É claro que é — respondeu a garota —, e estamos todos tão felizes quanto você, Botão-Brilhante.

— Bem — exclamou o Homem-Farrapo —, agora é a minha vez.

Ele tirou seu casaco desarrumado e colocou-o na grama para depois mergulhar no Lago da Verdade, entrando primeiro com a cabeça.

Quando se levantou, a cabeça de burro havia desaparecido e a cabeça do Homem-Farrapo estava de volta, com a água pingando de suas costeletas desarrumadas. Ele se arrastou para a beirada do lago e chacoalhou a cabeça para se livrar da água, e então inclinou-se sobre o lago para olhar admirado para o reflexo de seu rosto.

— Posso não ser exatamente bonito, mesmo agora — disse ele para seus companheiros, que o observavam com sorrisos em seus rostos —, mas sou muito mais bonito do que qualquer burro e tenho orgulho disso.

— Você está bem, Homem-Farrapo — declarou Dorothy. — E o Botão-Brilhante também está bem. Então, vamos agradecer ao Lago da Verdade por ter sido tão gentil e vamos começar nossa jornada em direção à Cidade das Esmeraldas.

— Detesto ir embora — murmurou o Homem-Farrapo, com um suspiro. — Um lago da verdade não seria algo ruim para levarmos conosco.

Mas colocou seu casaco e começou a procurar, junto com os outros, algo que guiasse o seu caminho.

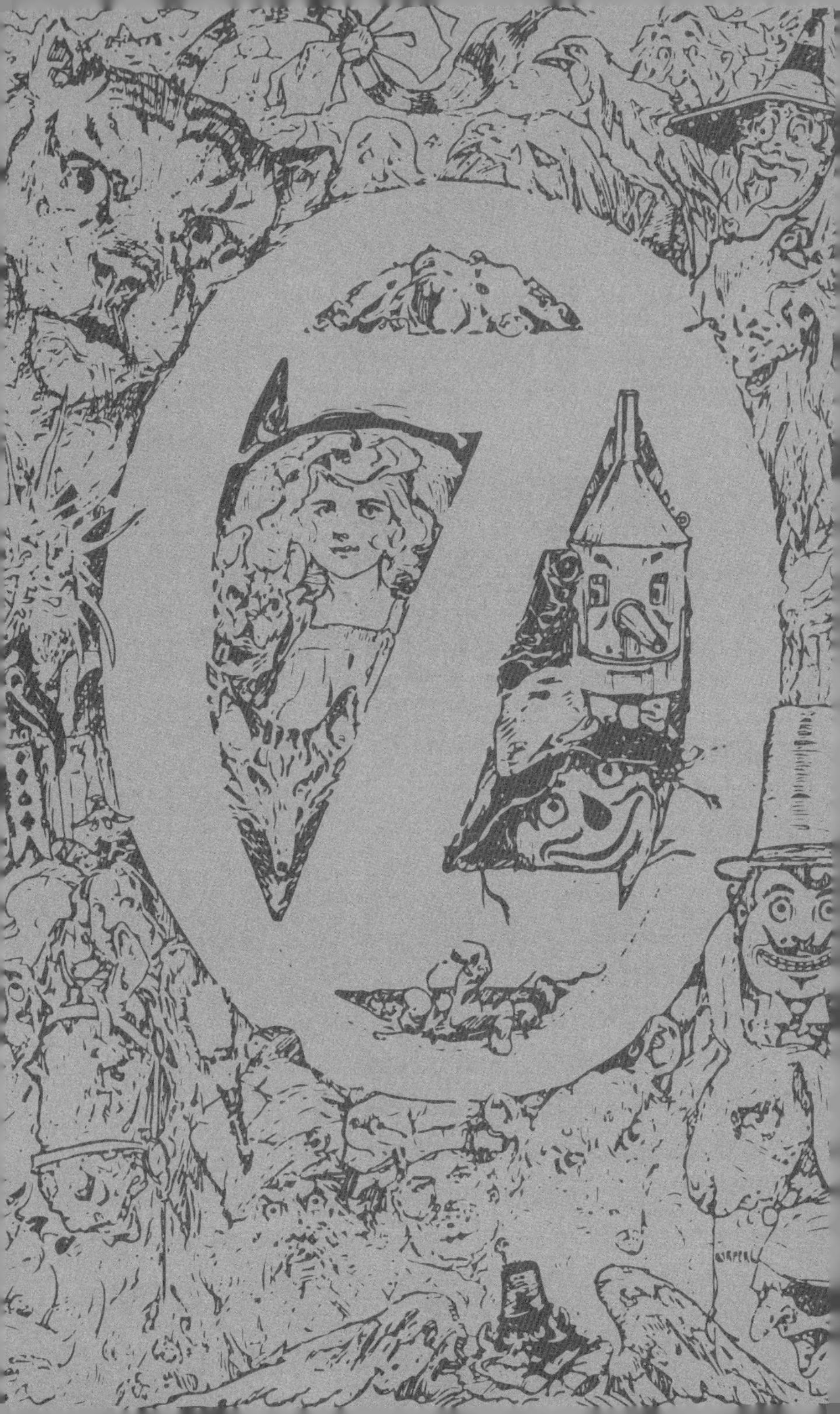

CAPÍTULO 14
TIK-TOK E BILLINA

Eles ainda não haviam caminhado para muito longe dos campos floridos quando se depararam com uma estrada que levava para o noroeste e que passava graciosamente entre lindos morros amarelos.

— Aquele — disse Dorothy — deve ser o caminho para a Cidade das Esmeraldas. É melhor continuarmos na estrada até encontrarmos alguém ou avistarmos uma casa.

O sol logo secou as roupas do Botão-Brilhante e do Homem-Farrapo e eles estavam tão felizes por terem reconquistado suas cabeças que não se importaram nem um pouco com o breve desconforto de estarem molhados.

— É bom poder assobiar de novo — observou o Homem-Farrapo —, pois aqueles lábios de burro eram tão grossos que eu não conseguia assobiar nem uma nota com eles.

E começou a assobiar tão contente quanto um passarinho.

— Além disso, você estará com uma aparência mais natural na celebração — disse Dorothy, feliz em ver seus amigos tão contentes.

Policromia dançava na frente do grupo na sua maneira usual, girando alegremente sobre a estrada suave e nivelada, até que sumiu de vista na curva de um dos montes. De repente eles a ouviram exclamar:

— Ah!

E ela apareceu de novo, correndo na direção deles rapidamente.

— Qual é o problema, Polly? — perguntou Dorothy, perplexa.

Não foi necessário que a filha do Arco-Íris respondesse, pois, virando a curva da estrada, vinha devagar, na direção deles, um homem redondo engraçado, feito de cobre, brilhando à luz do sol. Empoleirada no ombro do homem de cobre havia uma galinha amarela, com penas macias e um colar de pérolas em volta do pescoço.

— Ah, Tik-Tok! — gritou Dorothy, correndo na direção deles.

Quando chegou perto dele, o homem de cobre levantou a garotinha em seus braços de cobre e beijou sua bochecha com seus lábios de cobre.

— Ah, Billina! — gritou Dorothy com a voz alegre, e a galinha amarela voou para seus braços para ser abraçada e acariciada.

Os outros estavam agrupados curiosos em volta do grupo e a garota disse a eles:

— Estes são Tik-Tok e Billina. Ah, estou tão feliz em vê-los novamente.

— Bem-vinda a Oz — disse o homem de cobre com sua voz constante.

Dorothy sentou-se na estrada com a galinha amarela em seus braços e começou a acariciar as costas de Billina. Então a galinha disse:

— Dorothy, querida, tenho novidades maravilhosas para contar a você.

— Conte logo, Billina! — disse a garota.

Neste momento Totó, que estava rosnando no caminho, soltou um latido agudo e voou em cima da galinha amarela, que eriçou suas penas e soltou um berro furioso que deixou Dorothy assustada.

— Pare, Totó! Pare já com isso! — ordenou ela. — Você não vê que Billina é minha amiga?

Apesar deste aviso, se ela não estivesse segurando Totó pelo pescoço, o cachorrinho teria feito alguma maldade com a galinha amarela e, mesmo agora, ele lutava loucamente para escapar das mãos de Dorothy. Ela bateu em suas orelhas uma ou duas vezes e disse a ele para se comportar, enquanto a galinha amarela voou de volta para os ombros de Tik-Tok, onde estaria mais segura.

— Que bruto! — cacarejou Billina, olhando para o cachorro.

— Totó não é bruto — respondeu Dorothy —, mas em casa o Tio Henry precisa chicoteá-lo algumas vezes para ele parar de caçar as galinhas. Escute bem, Totó, você precisa entender que Billina é uma de minhas amigas mais queridas e não pode ser machucada, nem agora nem nunca — acrescentou ela, levantando o dedo e falando seriamente com ele.

Totó abanou o rabo como se tivesse entendido a mensagem.

— O miserável não sabe falar — disse Billina, zombando.

— Ele sabe sim — respondeu Dorothy. — Ele fala com o rabo e eu entendo tudo o que ele diz. Se você pudesse balançar seu rabo, Billina, você não precisaria de palavras para falar.

— Que bobagem! — disse Billina.

— Não é bobagem nenhuma. Neste momento Totó está dizendo que sente muito e que vai tentar amar você por causa de mim. Não é, Totó?

— Au-au! — disse Totó, balançando seu rabo novamente.

— Mas, tenho notícias maravilhosas para você, Dorothy — gritou a galinha amarela. — Eu...

— Espere um pouco, querida — interrompeu a garotinha. — Primeiro preciso apresentar vocês. Isso se chama educação, Billina. Este — disse ela, virando-se para seus companheiros de viagem — é o senhor Tik-Tok, que tem um mecanismo e por isso seus pensamentos precisam de corda, e sua fala precisa de corda, e suas ações também precisam de corda, assim como um relógio precisa de corda.

— E é possível dar corda em tudo de uma só vez? — perguntou o Homem-Farrapo.

— Não, precisamos dar cordas separadas. Mas ele funciona de maneira adorável, e o Tik-Tok foi um bom amigo um dia e salvou minha vida – e a vida de Billina também.

— Ele tem vida? — perguntou o Botão-Brilhante, olhando para o homem de cobre.

— Ah, não, mas seu mecanismo o faz funcionar tão bem quanto se tivesse vida.

Ela se virou para o homem de cobre e disse, com educação:

— Senhor Tik-Tok, estes são meus novos amigos: o Homem-Farrapo, Polly, a filha do Arco-Íris, o Botão-Brilhante e Totó. Apenas Totó não é um novo amigo, porque ele já esteve em Oz antes.

O homem de cobre curvou-se, tirando seu chapéu de cobre da cabeça enquanto fazia isso.

— É um prazer conhecer os amigos de Dorrrrrr

De repente, ele parou de falar.

— Ah, acho que seu mecanismo de fala precisa de corda! — exclamou a garotinha, correndo para trás do homem de cobre para pegar a chave no gancho que existia em suas costas.

Ela deu corda no lugar embaixo de seu braço direito, e então ele continuou falando:

— Me perdoem por minha corda ter acabado. Eu estava dizendo que é um prazer conhecer os amigos de Dorothy, que devem ser meus amigos também.

As palavras saíam um pouco truncadas, mas possíveis de entender.

— E esta é Billina — continuou Dorothy, apresentando a galinha amarela, e todos se curvaram para ela.

— Tenho notícias tão maravilhosas — disse a galinha, virando a cabeça para olhar para Dorothy.

— Que notícias, querida? — perguntou a garota.

— Choquei dez dos mais adoráveis pintinhos que você já viu.

— Ah, que ótimo! E onde estão eles, Billina?

— Eu os deixei em casa. Mas são lindinhos, eu lhe garanto, e todos maravilhosamente espertos. Dei a eles o nome de Dorothy.

— A qual deles? — perguntou a garota.

— A todos eles — respondeu Billina.

— Que engraçado. Por que você deu o mesmo nome a todos eles?

— Era tão difícil saber quem era quem — explicou a galinha. — Agora, quando eu digo Dorothy, todos vêm correndo até mim, é muito mais fácil, afinal, do que ter um nome para cada.

— Não vejo a hora de conhecê-los, Billina — disse Dorothy, com animação. — Mas, me digam, meus amigos, por que você estão aqui, na Terra dos Winkies, e são os primeiros a nos encontrar?

— Eu lhe digo — respondeu Tik-Tok com sua voz constante, todos os sons de suas palavras tinham um mesmo tom. — A princesa Ozma viu você em seu Quadro Mágico e sabia que você estava vindo para cá, então ela enviou Billina e eu para recebê-los, já que ela não podia fazer isso. Assim – fiz-i-dig-le cum-so-lut-ing hy-ber-gob-ble in-tu-zib-ick.

— Minha nossa! Qual é o problema agora? — questionou Dorothy quando o homem de cobre continuou a balbuciar palavras sem sentido, que ninguém conseguia entender.

— Não sei — disse o Botão-Brilhante, que estava com um pouco de medo.

Polly saiu girando para longe e virou-se para olhar assustada para o homem de cobre.

— Agora os pensamentos dele precisam de corda — observou Billina com serenidade, sentada nos ombros de Tik-Tok enquanto aplumava suas penas. — Quando ele não consegue pensar, também não consegue falar adequadamente. Você precisa dar corda em seus pensamentos, Dorothy, senão eu mesma vou ter que terminar de contar a história.

Dorothy correu para trás dele, pegou a chave mais uma vez e deu corda em Tik-Tok embaixo de seu braço esquerdo. Depois disso, ele conseguia falar claramente de novo.

— Desculpem-me — disse ele —, mas quando meus pensamentos precisam de corda, minha fala não faz sentido, pois as palavras são formadas apenas por pensamentos. Eu estava dizendo que Ozma nos enviou para recebê-los e para convidá-los para vir para a Cidade das Esmeraldas. Ela estava ocupada demais para vir até aqui, pois está preparando a comemoração de seu aniversário, que vai ser um grande evento.

— Ouvi falar sobre isso — disse Dorothy — e estou feliz por ter chegado a tempo de participar. Estamos longe da Cidade das Esmeraldas?

— Não muito — respondeu Tik-Tok — e temos bastante tempo. Hoje à noite vamos parar no palácio do Homem de Lata e amanhã à noite chegaremos na Cidade das Esmeraldas.

— Ótimo! — exclamou Dorothy. — Quero ver o querido Nick Chopper novamente. Como está o coração dele?

— Está bem — disse Billina. — O Homem de Lata diz que seu coração fica mais suave e gentil a cada dia que passa. Ele está esperando em seu castelo para recebê-la, Dorothy. Ele não pôde vir conosco porque está sendo polido para ficar bastante brilhante para a festa de Ozma.

— Bom, então — disse Dorothy —, vamos continuar e podemos conversar enquanto caminhamos.

Eles continuaram a jornada formando um grupo de amigos, pois Policromia descobrira que o homem de cobre era inofensivo e não tinha mais medo dele. O Botão-Brilhante também foi tranquilizado e ficou bastante amigo de Tik-Tok. Ele queria que o homem-relógio se abrisse para que ele pudesse ver seu mecanismo funcionando, mas aquilo era algo que Tik-Tok não podia fazer. O Botão-Brilhante então quis dar corda no homem de cobre, e Dorothy prometeu que ele faria isso assim que qualquer parte do mecanismo precisasse de corda. Isso deixou o Botão-Brilhante bastante satisfeito e ele segurou firme as mãos de cobre de Tik-Tok enquanto andava pela estrada. Dorothy caminhava do lado de seus velhos amigos, e Billina seguia empoleirada, ora no ombro, ora no chapéu do homem de cobre. Polly, mais uma vez alegre, dançava à frente de todos e Totó corria atrás dela, latindo com alegria. O Homem-Farrapo foi deixado caminhando atrás do grupo, mas ele não parecia se importar com isso e assobiava alegremente ou parecia curioso com a linda paisagem pela qual passavam.

Por fim, o grupo chegou ao topo de um morro de onde podiam avistar muito bem o castelo de lata de Nick Chopper, com suas torres brilhando magníficas sob os raios do sol que começava a se pôr.

— Que lindo! — exclamou Dorothy. — Eu ainda não tinha visto a casa nova do imperador.

— Ele a construiu porque o antigo castelo era úmido e poderia enferrujar seu corpo de lata — disse Billina. — Foram necessárias muitas latas para construir todas aquelas torres, campanários, abóbodas e arestas, como você pode ver.

— É de brinquedo? — perguntou o Botão-Brilhante, com a voz suave.

— Não, querido — respondeu Dorothy. — É melhor do que isso. É a moradia encantada de um príncipe encantado.

CAPÍTULO 15
O CASTELO DE LATA DO IMPERADOR

A terra em volta da nova casa de Nick Chopper era coberta de lindos leitos de flores, com fontes de água cristalina e estátuas de lata que representavam os amigos pessoais do imperador. Dorothy ficou impressionada e maravilhada ao encontrar uma estátua de lata de si mesma em um pedestal de lata erguido na avenida que levava para a entrada do castelo. Tinha o tamanho dela e a retratava com sua touca e a cesta em seu braço, da exata maneira como ela tinha aparecido na Terra de Oz pela primeira vez.

— Ah, Totó, você também está aqui! — exclamou ela, e realmente havia uma imagem de lata de Totó aos pés de Dorothy.

Dorothy também reconheceu as imagens do Espantalho, do Mágico, de Ozma e de muitos outros, incluindo

Tik-Tok. Eles chegaram à grande entrada de lata do castelo de lata, e o próprio Homem de Lata veio correndo até a porta para abraçar a pequena Dorothy e dar a ela alegres boas-vindas. Ele também recebeu os amigos da garota e declarou que a filha do Arco-Íris era a visão mais adorável que seus olhos de lata já haviam contemplado. Acariciou o cabelo cacheado do Botão-Brilhante com carinho, pois gostava de crianças, e olhou para o Homem-Farrapo e apertou suas duas mãos ao mesmo tempo.

Nick Chopper, o imperador dos Winkies, que também era conhecido em toda a Terra de Oz como o Homem de Lata, certamente era uma pessoa notável. Ele era engenhosamente construído, todo de lata, muito bem-soldado em suas juntas, e seus vários membros eram muito bem-presos em seu corpo de maneira que ele podia usá-los quase tão bem quanto se fossem feitos de carne. Um dia, contou ele ao Homem-Farrapo, ele fora de carne e osso, como as outras pessoas, e cortava lenha na floresta para sobreviver. Mas seu machado escapou de suas mãos várias vezes e cortou partes de seu corpo – que ele substituiu por lata – e por fim não sobrou mais carne alguma, nada além de lata, então ele se tornou um verdadeiro Homem de Lata. O maravilhoso Mágico de Oz havia dado a ele um excelente coração para substituir seu antigo, e ele não se importava em ser feito de lata. Todos o amavam, ele amava a todos, e ele era muito feliz.

O imperador tinha orgulho de seu novo castelo de lata e mostrou todos os cômodos para seus visitantes. Cada pedaço de mobília era de lata muito bem-polida – as mesas, cadeiras, camas e todo o resto –, até mesmo o chão e as paredes eram feitos de lata.

— Acho — disse ele — que não existem funileiros mais espertos no mundo do que os Winkies. Seria difícil construir um castelo assim no Kansas, não é, Dorothy?

— Muito difícil — respondeu a garota com seriedade.

— Deve ter custado muito dinheiro — observou o Homem-Farrapo.

— Dinheiro! Dinheiro em Oz! — exclamou o Homem de Lata. — Que ideia estranha! Você acha que somos tão ordinários para usar dinheiro por aqui?

— Por que não? — perguntou o Homem-Farrapo.

— Se usássemos dinheiro para comprar coisas com ele, em vez de usarmos o amor, a gentileza e o desejo de satisfazer uns aos outros, então não seríamos melhores do que o resto do mundo — declarou o Homem de Lata. — Felizmente ninguém conhece o dinheiro na Terra de Oz. Não temos pessoas ricas ou pobres, o que uma pessoa deseja, os outros tentam dar a ela para que ela fique feliz, e ninguém em Oz se preocupa em ter mais do que o que consegue usar.

— Ótimo! — exclamou o Homem-Farrapo, bastante feliz em ouvir aquilo. — Eu também desprezo o dinheiro – um homem em Butterfield me deve quinze centavos e eu não vou até lá para buscar. A Terra de Oz certamente é o lugar mais privilegiado de todo o mundo, e seu povo deve ser o mais feliz de todos. Eu gostaria de morar aqui para sempre.

O Homem de Lata ouviu aquilo com atenção respeitosa. Ele já adorava o Homem-Farrapo, apesar de ainda não conhecer o Ímã do Amor. Então, ele disse:

— Se você conseguir provar à princesa Ozma que é honesto, verdadeiro e merecedor de nossa amizade, você poderá, de fato, morar aqui durante a sua vida e ser tão feliz quanto nós somos.

— Vou tentar fazer isso — disse o Homem-Farrapo com seriedade.

— E agora — continuou o imperador — vocês todos devem ir para os seus aposentos para se prepararem para o jantar, que será servido no grande salão de jantar de lata. Sinto muito, Homem-Farrapo, por não ter roupas para lhe oferecer, mas eu só uso lata e acho que isso não serviria em você.

— Eu não ligo para roupas — disse o Homem-Farrapo, indiferente.

— Imagino que não — respondeu o imperador, com uma sinceridade polida.

Eles foram levados a seus aposentos e se limparam como conseguiram. Logo todos se reuniram novamente no grande salão de jantar de lata. Até mesmo Totó estava lá. O imperador gostava do cachorrinho de Dorothy, e a garota explicou para seus amigos que em Oz todos os animais eram tratados com a mesma consideração com que as pessoas eram tratadas, "se eles se comportarem", acrescentou ela.

Totó se comportou e sentou-se em uma cadeira de lata alta, ao lado de Dorothy, e comeu sua refeição em um prato de lata.

Na verdade, todos eles comeram em louças de lata, mas elas tinham o formato lindo e eram muito bem-polidas, Dorothy pensou que elas eram tão bonitas quanto as louças de prata.

O Botão-Brilhante olhava curioso para o homem que "não tinha nenhum apetite dentro dele", pois o Homem de Lata, embora tivesse preparado um banquete tão agradável para seus convidados, não comeu nada e sentou-se paciente em seu lugar para verificar se tudo o que havia sido preparado era bem servido para seus convidados e se eles estavam comendo bem.

O que mais agradava o Botão-Brilhante no jantar era a orquestra de lata que tocava uma música suave enquanto o grupo comia. Os músicos não eram de lata, pois eram Winkies, mas os instrumentos tocados eram de lata – trompetes de lata, violinos de lata, tambores de lata e pratos, flautas e cornetas, tudo feito de lata. Eles tocavam tão bem a *Valsa Brilhante do Imperador*, composta em honra ao Homem de Lata pelo Grande e Magnífico Besourão, Totalmente Instruído, que Polly não conseguiu resistir e começou a dançar. Depois de ter experimentado algumas gotas de orvalho, colhidas especialmente para ela, a menina dançou graciosamente ao som da música enquanto os outros terminavam de comer, e quando ela girou até que o tecido suave de seu vestido colorido a envolvesse como se fosse uma nuvem, o Homem de Lata ficou tão maravilhado que bateu suas mãos de lata até que o barulho abafou o som dos pratos.

Foi uma refeição alegre, embora Policromia tenha comido pouco e o anfitrião não tenha comido nada.

— Sinto muito que a filha do Arco-Íris não tenha comido seus bolinhos de neblina — disse o Homem de Lata para Dorothy. — Mas por um engano os bolinhos de neblina da senhorita Polly foram extraviados e não foram encontrados ainda. Vou tentar arrumar alguns para o café da manhã.

Eles passaram a noite contando histórias e na manhã seguinte deixaram o esplêndido castelo de lata e tomaram a estrada a caminho da Cidade das Esmeraldas. O Homem de Lata foi com eles, claro, pois agora já estava totalmente polido e brilhava como se fosse de prata. Seu machado, que ele sempre carregava consigo, tinha uma lâmina de aço que era coberta de lata e um cabo coberto de lata lindamente cravejado com diamantes.

Os Winkies se reuniram em frente aos portões do castelo e saudaram seu imperador quando ele marchou para fora, e foi fácil perceber que todos o amavam muito.

CAPÍTULO 16
VISITANDO O CAMPO DE ABÓBORAS

Dorothy deixou o Botão-Brilhante dar corda no mecanismo do homem de cobre naquela manhã – primeiro em seu mecanismo do pensamento, depois da fala e finalmente da ação, para que ele pudesse funcionar perfeitamente até chegarem à Cidade das Esmeraldas. O homem de cobre e o Homem de Lata eram bons amigos, e não muito parecidos, como você pode imaginar. Um tinha vida e o outro se movimentava graças a um mecanismo, um era alto e angular e o outro era baixo e redondo. Era possível adorar o Homem de Lata porque ele tinha uma boa natureza, gentil e simples, mas era possível admirar o homem mecânico sem adorá-lo, pois amar uma coisa como aquela era tão impossível quanto amar uma máquina de costuras ou um automóvel. Ainda assim, Tik-Tok era popular entre o povo de Oz porque ele era confiável, leal e verdadeiro, era certo que ele faria exatamente o que fora programado para fazer se dessem corda em seu mecanismo, sempre e sob quaisquer circunstâncias. Talvez seja melhor ser uma máquina que cumpre sua função do que ser uma pessoa de carne e osso que não vai cumprir com suas obrigações, pois uma verdade verdadeira é melhor do que a falsidade.

Por volta de meio-dia, os viajantes alcançaram um grande campo de abóbora – um legume bastante apropriado para a terra amarela dos Winkies –, e algumas das abóboras que cresciam ali tinham um tamanho considerável. Um pouco antes de entrarem neste campo, o grupo viu três pequenos montes que pareciam ser túmulos, com lindas lápides em cada um deles.

— O que é isso? — perguntou Dorothy, curiosa.

— É o túmulo do Jack, Cabeça de Abóbora — respondeu o Homem de Lata.

— Mas achei que ninguém morria em Oz — disse ela.

— E não morre mesmo, embora se alguém for ruim, possa ser condenado e morto pelos cidadãos de bem — respondeu ele.

Dorothy foi até os pequenos túmulos e leu as palavras gravadas sobre as lápides. Na primeira estava escrito:

> Aqui jaz a parte mortal de
> **JACK, CABEÇA DE ABÓBORA,**
> que apodreceu em 9 de abril.

Ela então foi para a próxima pedra, onde leu:

> Aqui jaz a parte mortal de
> **JACK, CABEÇA DE ABÓBORA,**
> que apodreceu em 2 de outubro.

Na terceira pedra estava escrito:

> Aqui jaz a parte mortal de
> **JACK, CABEÇA DE ABÓBORA,**
> que apodreceu em 24 de janeiro.

— Pobre Jack! — suspirou Dorothy. — Sinto muito que ele tenha morrido em três partes, pois eu esperava vê-lo novamente.

— Talvez você o veja — declarou o Homem de Lata —, pois ele ainda está vivo. Venha comigo até a sua casa, pois Jack agora é um fazendeiro e mora neste campo de abóboras.

Eles entraram no buraco monstruoso da abóbora que tinha uma porta e janelas cortadas em sua casca. Havia uma chaminé atravessando o caule e seis degraus haviam sido construídos para levar até a porta da frente.

Andaram até essa porta e olharam lá dentro. Sentado em um banco estava um homem vestido com uma camisa manchada, um colete vermelho e calças azuis surradas, cujo corpo eram apenas pedaços de madeira juntados grosseiramente. Em seu pescoço havia uma abóbora amarela redonda, com um rosto esculpido nela da maneira como os garotos fazem com uma lanterna de abóbora.

Este homem estranho estava jogando sementes de abóbora escorregadias com seus dedos de madeira, tentando atingir um alvo do outro lado da sala. Ele não sabia que tinha visitas até que Dorothy exclamou:

— Ora, é o Jack, Cabeça de Abóbora!

Ele se virou e os viu, e logo veio cumprimentar a garotinha do Kansas e Nick Chopper, e também ser apresentado para seus novos amigos.

O Botão-Brilhante a princípio estava bastante tímido com o pitoresco Cabeça de Abóbora, mas o rosto de Jack era tão alegre e sorridente – fora esculpido daquela maneira – que o garoto logo começou a gostar dele.

— Achei, há pouco tempo, que você havia sido enterrado em partes — disse Dorothy —, mas agora vejo que você continua o mesmo de antes.

— Não exatamente o mesmo, minha querida, pois minha boca está um pouco maior para um lado do que costumava ser, mas praticamente o mesmo. Tenho uma nova cabeça, e esta é a quarta que ganho desde que Ozma me criou e me trouxe à vida jogando o Pó Mágico sobre mim.

— E o que aconteceu com as outras cabeças, Jack?

— Elas apodreceram e eu as enterrei, pois não serviam nem para se fazer torta. Enquanto Ozma esculpir uma nova cabeça para mim exatamente igual à antiga, e como meu corpo é de longe a minha maior parte, ainda serei o Jack, Cabeça de Abóbora, não importa quantas vezes a minha parte de cima seja trocada. Certa vez tivemos momentos terríveis tentando encontrar uma outra abóbora, pois não era a estação delas, e então fui obrigado a usar minha velha cabeça por um tempo maior do que o considerado saudável. Mas depois dessa experiência ruim, decidi cultivar abóboras eu mesmo, assim nunca serei pego novamente sem uma abóbora à mão, e agora tenho esse lindo campo que você vê à sua frente. Algumas crescem bastante – grandes demais para serem usadas como cabeças –, então eu tiro seu interior e uso como casa.

— Não é úmido? — perguntou Dorothy.

— Não muito. Não resta muita coisa além da casca, como você pode ver, e ainda vai durar por bastante tempo.

— Acho que você está mais esperto do que costumava ser, Jack — observou o Homem de Lata. — A sua outra cabeça era bastante estúpida.

— As sementes dessa aqui são melhores — foi a resposta.

— Você vai à festa de Ozma? — perguntou Dorothy.

— Sim — disse ele. — Eu não perderia a festa por nada. Ozma é minha mãe, sabe, porque ela construiu meu corpo e esculpiu minha cabeça. Vou para a Cidade das Esmeraldas amanhã, e devemos nos encontrar de novo por lá. Não posso ir hoje porque preciso plantar sementes frescas de abóbora e regar as que estão brotando. Mas envie minhas lembranças para Ozma e diga a ela que chegarei lá a tempo para a comemoração.

— Faremos isso — prometeu ela, e então o grupo o deixou e retomou sua viagem.

CAPÍTULO 17
A CHEGADA DA CARRUAGEM REAL

As casas amarelas e bem cuidadas dos Winkies agora podiam ser vistas aqui e ali pela estrada, dando uma aparência mais civilizada e alegre para a região. Eram casas rurais, embora ficassem bem longe umas das outras, pois na Terra de Oz não existiam cidades ou vilas com exceção da magnífica Cidade das Esmeraldas, no centro de tudo.

Coberturas de plantas verdes ou de rosas amarelas cercavam a ampla estrada, e as fazendas refletiam o cuidado de seus habitantes trabalhadores. Quanto mais os viajantes se aproximavam da grande cidade, mais próspero o lugar se tornava, e o grupo atravessou muitas pontes sobre córregos de águas borbulhantes e riachos que irrigavam as terras.

Enquanto caminhavam tranquilamente, o Homem-Farrapo disse para o Homem de Lata:

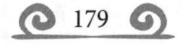

— Que tipo de Pó Mágico foi esse que deu vida à Cabeça de Abóbora?

— Era chamado de Pó da Vida — foi a resposta. — Foi inventado por uma feiticeira trapaceira que vivia nas montanhas no norte do país. Uma bruxa chamada Mombi pegou um pouco desse pó com a feiticeira e o levou para casa. Ozma morava com a bruxa nessa época, pois ela ainda não era nossa princesa, já que Mombi a havia transformado em um garoto. Bom, quando Mombi foi se encontrar com a feiticeira, o garoto fez seu homem com cabeça de abóbora para se distrair e também com a esperança de assustar a bruxa quando ela voltasse para casa. Mas Mombi não ficou assustada e jogou o Pó Mágico da Vida no Cabeça de Abóbora para ver se o pó funcionava. Ozma estava observando e viu quando o Cabeça de Abóbora ganhou vida, então naquela noite ela pegou o recipiente de pimenta que continha o pó e fugiu com Jack, à procura de aventuras.

"No dia seguinte, eles encontraram um cavalete de madeira ao lado da estrada e jogaram o pó nele. Ele logo ganhou vida e Jack, Cabeça de Abóbora, seguiu montado no cavalete até chegar à Cidade das Esmeraldas."

— E o que aconteceu com o Cavalete, no final? — perguntou o Homem-Farrapo, bastante interessado na história.

— Ah, ele ainda está vivo, e você provavelmente vai conhecê-lo quando chegarmos à Cidade das Esmeraldas. Por fim, Ozma usou o restante do pó para dar vida a um

Gumpo voador, mas logo depois de tê-la carregado para longe de seus inimigos, o Gumpo foi desmontado e não existe mais.

— Que pena que o Pó da Vida foi todo usado — observou o Homem-Farrapo —, seria muito bom ainda ter um pouco dele para usar em caso de necessidade.

— Não tenho tanta certeza disso, senhor — respondeu o Homem de Lata. — Há um tempo a feiticeira trapaceira, que inventou o Pó Mágico, caiu em um precipício e morreu. Todas as suas posses foram para uma parente – uma mulher velha chamada Dyna, que mora na Cidade das Esmeraldas. Ela foi para a montanha onde a feiticeira morava e trouxe tudo o que achou ser valioso. Entre essas coisas havia um pequeno pote com o Pó da Vida, mas, claro, Dyna não sabia que era um Pó Mágico. Aconteceu que ela tinha um grande urso azul de estimação, mas o urso se engasgou com um osso de peixe e morreu, e ela o adorava tanto que fez um tapete com sua pele, deixando a cabeça e as quatro patas camufladas. Ela deixava o tapete no chão no salão de entrada de sua casa.

— Já vi tapetes assim — disse o Homem-Farrapo, balançando a cabeça. — Mas nunca feitos de urso azul.

— Bem — continuou o Homem de Lata —, a velha senhora achou que o pó na garrafa era veneno para traça, pois tinha cheiro de veneno para traça, então, um dia, ela jogou o pó no tapete de urso para que as traças não o comessem. Ela disse, olhando admirada para a pele do urso: "queria que meu querido urso estivesse vivo!". Para o seu terror, o tapete de urso recuperou a vida porque foi pulverizado com o Pó Mágico, e agora este tapete de urso vivo é uma grande provação para ela e causa muitos problemas.

— Por quê? — perguntou o Homem-Farrapo.

— Bem, ele se levanta em suas quatro patas e sai andando, e entra no caminho, isso atrapalha. Ele não fala, embora tenha vida, pois embora sua cabeça seja capaz de formular palavras, ele não tem ar dentro de seu corpo para colocar as palavras para fora da boca. O tapete acaba sendo bastante frágil, e a velha senhora se lamenta por ele ter criado vida. Todos os dias ela precisa repreendê-lo e fazer com que ele se deite no chão para que ela ande sobre ele. Mas, às vezes, quando ela vai às compras o tapete curva suas costas, levanta-se em suas quatro patas e sai andando atrás dela.

— Eu pensei que Dyna gostasse disso — disse Dorothy.

— Bom, ela não gosta. Porque todos sabem que ele não é um urso de verdade, é só uma pele oca, e por isso não tem nenhuma utilidade no mundo além de ser um tapete — respondeu o Homem de Lata. — Por isso eu acho que é bom o Pó Mágico da Vida já ter sido todo usado, assim não pode causar problemas para mais ninguém.

— Talvez você esteja certo — disse o Homem-Farrapo, pensativo.

Ao meio-dia, o grupo parou em uma casa onde o fazendeiro e sua esposa ficaram encantados por poderem lhes fornecer uma boa refeição. As pessoas da fazenda conheciam Dorothy, pois a tinham visto quando ela estava naquelas terras em outros momentos e trataram a garotinha com tanto respeito quanto trataram o imperador, pois ela era amiga da poderosa princesa Ozma.

Eles não tinham andado muito depois de saírem dessa casa quando chegaram a uma ponte alta sobre um amplo rio. Este rio, o Homem de Lata informou, era a fronteira entre as Terras dos Winkies e o território da Cidade das Esmeraldas. A cidade em si ainda estava distante, mas por ali só se viam campos verdes com gramas lindas e bem cuidadas, e ali não havia casas nem fazendas alterando a beleza do cenário.

Do topo da ponte alta eles podiam enxergar, ao longe, os espirais magníficos e as esplêndidas abóbodas da maravilhosa cidade, brilhando como joias ao se projetarem acima dos muros de esmeraldas. O Homem-Farrapo respirou fundo, maravilhado e impressionado, pois nunca havia sonhado que um lugar tão grande e belo pudesse existir – mesmo na terra encantada de Oz.

Polly estava tão satisfeita que seus olhos violeta brilhavam como se fossem ametistas e ela dançou para longe de seus companheiros, atravessando a ponte e entrando em um grupo de árvores frondosas que cercava os dois lados da estrada. Ela parou para observar essas árvores com prazer e surpresa, pois suas folhas tinham o formato de plumas de avestruz, com a beirada de suas penas lindamente enroladas, e todas as plumas tinham a mesma coloração delicada do Arco-Íris que aparecia no lindo vestido de Policromia.

— O papai precisa ver essas árvores — murmurou ela —, elas são quase tão adoráveis quanto seus próprios arco-íris.

Então ela deu um pulo horrorizada, pois debaixo das árvores vinham andando duas grandes feras, as duas grandes o suficiente para esmagar a pequena filha do Arco-Íris com um golpe de suas patas, ou para comê-la com um estalo de suas enormes mandíbulas. Um era um grande leão, quase tão alto quanto um cavalo, o outro era um tigre listrado quase do mesmo tamanho do leão.

Polly estava assustada demais para gritar ou se mover, ficou parada com o coração batendo rápido até que Dorothy passou correndo por ela e com um grito alegre jogou seus braços em volta do pescoço do grande leão, abraçando e beijando a fera com uma alegria evidente.

— Ah, estou TÃO feliz em ver você de novo! — gritou a garotinha do Kansas. — E o Tigre Faminto também! Vocês todos parecem estar tão bem. Vocês estão bem e felizes?

— Com certeza, Dorothy — respondeu o Leão, com a voz grossa que parecia agradável e gentil —, e estamos muito felizes por você ter vindo para a festa de Ozma. Vai ser um grande evento, pode ter certeza.

— Vários bebês gordinhos estarão presentes na comemoração, eu ouvi dizer — observou o Tigre, bocejando tanto que sua boca se abriu terrivelmente mostrando todos os seus dentes grandes e afiados. — Mas é claro que não posso comer nenhum deles.

— A sua consciência ainda está funcionando? — perguntou Dorothy, ansiosa.

— Sim, ela me governa como uma tirana — respondeu o Tigre, com tristeza. — Não consigo pensar em nada mais desagradável do que a própria consciência — e piscou sorrateiramente para seu amigo, o Leão.

— Vocês estão brincando comigo! — disse Dorothy com uma risada. — Não acredito que você comeria um bebê se perdesse sua consciência. Venha aqui, Polly — chamou ela —, para eu te apresentar meus amigos.

Polly caminhou tímida até ela.

— Você tem uns amigos esquisitos, Dorothy — disse ela.

— Ser esquisito não importa nem um pouco, contanto que seja amigo — foi a resposta.

— Este é o Leão Covarde, que não é nem um pouco covarde, mas ele pensa que é. O Mágico deu um pouco de coragem para ele um dia, e ele ainda tem um pouco dela.

O Leão curvou-se com grande dignidade para Polly.

— Você é adorável, meu querido — disse ela. — Espero nos tornarmos amigos depois que nos conhecermos melhor.

— E este é o Tigre Faminto — continuou Dorothy. — Ele diz que deseja comer bebês gordinhos, mas a verdade é que ele nunca tem fome porque sempre come bastante, e não acho que ele seria capaz de machucar ninguém mesmo se estivesse faminto.

— Shhh, Dorothy — sussurrou o Tigre —, você vai acabar com a minha reputação se não for mais discreta. Não é o que somos, mas o que acham que somos, que conta neste mundo. E, por falar nisso, acho que a senhorita Polly daria um excelente café da manhã, tenho certeza.

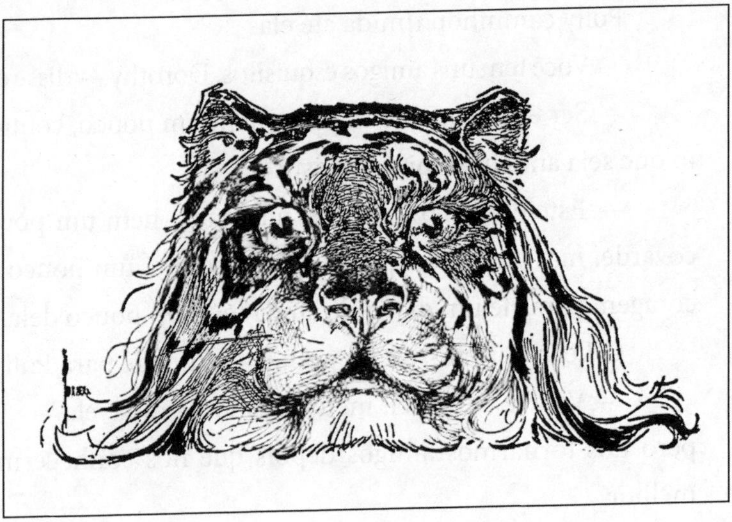

CAPÍTULO 18
A CIDADE DAS ESMERALDAS

Agora os outros se aproximaram, e o Homem de Lata cumprimentou o Leão e o Tigre cordialmente. O Botão-Brilhante gritou de medo quando Dorothy segurou sua mão e o levou até as grandes feras, mas a garota insistiu que eles eram gentis e bons, e então o garoto juntou coragem o suficiente para acariciar suas cabeças. Depois que os dois conversaram gentilmente com ele e ele olhou dentro de seus olhos inteligentes, seu medo desapareceu completamente e ele ficou tão encantado com os animais que queria ficar perto deles e acariciar seus pelos a todo instante.

Já o Homem-Farrapo, ele teria ficado com medo se tivesse encontrado as feras sozinho, ou em qualquer outro lugar do mundo, mas eram tantas as maravilhas na Terra de Oz que ele não se surpreendia mais, e a amizade de Dorothy com o Leão e o Tigre era suficiente para garantir a ele que os dois eram companheiros seguros. Totó latiu para o Leão Covarde com bastante alegria, pois já conhecia a fera e o adorava, e foi engraçado ver a delicadeza com que o Leão levantou sua imensa pata para acariciar a cabeça de Totó. O cachorrinho cheirou o nariz do Tigre, e o Tigre educadamente bateu nas patas dele, então era muito provável que se tornassem amigos.

Tik-Tok e Billina conheciam muito bem as feras, então simplesmente desejaram bom-dia a elas e perguntaram se estavam bem de saúde e sobre a princesa Ozma.

Agora era possível ver que o Leão Covarde e o Tigre Faminto estavam trazendo uma esplêndida carruagem dourada, à qual estavam presos por cordas douradas. O corpo da carruagem estava decorado do lado de fora com desenhos agrupados de esmeraldas brilhantes, enquanto seu interior era forrado de cetim verde e dourado e possuía almofadas verdes no assento, bordadas com coroas douradas embaixo das quais havia um monograma.

— Ora, é a carruagem real de Ozma! — exclamou Dorothy.

— Sim — disse o Leão Covarde. — Ozma nos enviou para encontrar vocês aqui, pois ela receou que estivessem muito cansados por causa da longa caminhada e queria que vocês entrassem na Cidade em grande estilo, graças à sua condição superior.

— O quê! — gritou Polly olhando para Dorothy, curiosa. — Você pertence à nobreza?

— Apenas aqui em Oz — disse a criança —, pois Ozma me fez princesa, entende. Mas quando estou em casa, no Kansas, sou apenas uma garotinha do interior e preciso ajudar com a comida e a secar as louças enquanto a Tia Em as lava. Você precisa ajudar com as louças no Arco-Íris, Polly?

— Não, querida — respondeu Policromia, sorrindo.

— Bem, em Oz eu não preciso trabalhar também — disse Dorothy. — É meio divertido ser princesa de vez em quando, você não acha?

— Dorothy, Policromia e Botão-Brilhante devem subir na carruagem — disse o Leão. — Então venham, meus queridos, e tomem cuidado para não estragar o ouro ou colocar seus pés sujos nas almofadas.

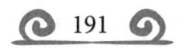

O Botão-Brilhante estava encantado por ser conduzido por um grupo tão soberbo e disse a Dorothy que estava se sentindo um artista de circo. Quando os animais se aproximaram da Cidade das Esmeraldas, todos começaram a se curvar de maneira respeitosa para as crianças, assim como para o Homem de Lata, Tik-Tok e para o Homem-Farrapo, que seguiam atrás da carruagem.

A galinha amarela estava empoleirada na parte de trás da carruagem, onde podia contar mais coisas para Dorothy sobre seus maravilhosos pintinhos. E então a grande carruagem finalmente chegou aos altos muros que cercavam a Cidade e parou em frente aos magníficos portões cravejados de joias.

Os portões foram abertos por um homenzinho de olhar agradável que usava óculos verdes. Dorothy o apresentou a seus amigos como sendo o Guardião dos Portões, e eles perceberam um grande molho de chaves preso na corrente dourada que estava pendurada em volta de seu pescoço. A carruagem passou pelos portões, por uma bela câmara arqueada construída dentro do muro grosso e pelos portões internos entrando nas ruas da Cidade das Esmeraldas.

Policromia exclamou em êxtase ao ver as belas maravilhas por todos os lados enquanto cavalgavam por essa imponente cidade. Outra cidade como esta nunca havia sido descoberta, nem mesmo na Terra Encantada. O Botão-Brilhante só conseguia dizer "Nossa!", tão impressionante era a vista, e seus olhos estavam arregalados e ele tentava olhar em todas as direções ao mesmo tempo, para não perder nada.

O Homem-Farrapo estava bastante impressionado com o que via, pois as construções graciosas e belas eram cobertas por placas de ouro e decoradas de esmeraldas de maneira tão esplêndida e valiosa que em qualquer outra parte do mundo qualquer uma daquelas casas valeria uma fortuna para seu proprietário. As calçadas eram formidáveis placas de mármore polidas ficando tão lisas que pareciam vidro, e o meio-fio que separava as calçadas da ampla rua era grosso e cravejado de esmeraldas. Havia muitas pessoas nas calçadas – homens, mulheres e crianças –, todos usando roupas bonitas de seda, cetim ou veludo, com lindas joias. Ainda melhor do que isso, todos pareciam felizes e satisfeitos, pois seus rostos exibiam um sorriso e pareciam livres de preocupação, e música e risada podiam ser ouvidas por todos os lados.

— Essas pessoas não trabalham? — perguntou o Homem-Farrapo.

— É claro que trabalham — respondeu o Homem de Lata. — Esta cidade linda não poderia ter sido construída ou mantida sem o trabalho, assim como as frutas, legumes e outros alimentos não poderiam ser providenciados para seus habitantes os consumirem. Mas ninguém trabalha mais do que meio período, e as pessoas de Oz gostam de trabalhar tanto quanto gostam de se divertir.

— Isso é maravilhoso! — declarou o Homem-Farrapo. — Realmente espero que Ozma me deixe morar aqui.

A carruagem, passando por muitas ruas charmosas, parou em frente a uma construção tão ampla, nobre e elegante que até mesmo o Botão-Brilhante logo entendeu que era o palácio real. Seus jardins e terrenos amplos eram cercados por um outro muro, não tão alto ou grosso quanto o que cercava a cidade, mas com um desenho mais delicado e feito de mármore verde. Os portões se abriram quando a carruagem apareceu em frente a eles, e o Leão Covarde e o Tigre Faminto trotaram pelo caminho coberto por joias até a porta da frente do palácio e então pararam.

— Aqui estamos! — disse Dorothy, alegre, e ajudou o Botão-Brilhante a descer da carruagem. Policromia desceu suavemente depois deles, e então foram cumprimentados por uma multidão de criados lindamente vestidos que se curvaram profundamente quando os visitantes subiram os degraus de mármore. À frente deles havia uma linda dama com cabelo e olhos pretos, com um vestido todo verde, bordado de prata. Dorothy correu até ela com evidente prazer e exclamou:

— Ah, Jellia Jamb! Estou tão feliz em vê-la novamente. Onde está Ozma?

— Em seus aposentos, sua alteza — respondeu a criada em tom recatado, pois esta era a criada preferida de Ozma. — Ela pediu para que você fosse encontrá-la assim que tiver descansado e se trocado, princesa Dorothy. E você e seus amigos estão convidados para jantar com ela esta noite.

— Quando é o aniversário dela, Jellia? — perguntou a garota.

— Depois de amanhã, sua alteza.

— E onde está o Espantalho?

— Ele foi para a terra dos Munchkins para pegar um pouco de palha fresca para rechear seu corpo, por causa da comemoração de Ozma — respondeu a criada. — Pelo que disse, ele volta para a Cidade das Esmeraldas amanhã.

Neste momento, Tik-Tok, o Homem de Lata e o Homem-Farrapo chegaram e a carruagem já havia sido levada para a parte de trás do palácio. Billina foi com o Leão e o Tigre para ver seus pintinhos depois de ter ficado um tempo longe deles. Mas Totó ficou ao lado de Dorothy.

— Entrem, por favor — disse Jellia Jamb. — Será um prazer levar vocês até seus aposentos, que já estão prontos esperando por vocês.

O Homem-Farrapo hesitou. Dorothy nunca o vira com vergonha de seus trajes desgastados antes, mas agora que estava cercado por tanta magnificência e esplendor o Homem-Farrapo se sentia triste e deslocado.

Dorothy garantiu a ele que todos os seus amigos eram bem-vindos no palácio de Ozma, então ele cuidadosamente limpou suas roupas maltrapilhas com seu lenço também maltrapilho e entrou no grande salão atrás dos outros.

Tik-Tok morava no palácio real e o Homem de Lata sempre se hospedava no mesmo aposento quando visitava Ozma, então os dois foram logo tirar a poeira de seus corpos brilhantes, adquirida durante a viagem. Dorothy também tinha uma linda suíte que sempre ocupava quando vinha à Cidade das Esmeraldas, mas vários criados andaram polidamente à frente dela para mostrar o caminho, embora ela tivesse certeza de que poderia encontrar seus aposentos sozinha. Ela levou o Botão-Brilhante junto porque ele parecia pequeno demais para ser deixado sozinho naquele palácio tão grande, e a própria Jellia Jamb se apressou em conduzir a linda filha do Arco-Íris para seus aposentos porque era fácil perceber que Policromia estava acostumada com palácios esplêndidos e por isso merecia uma atenção especial.

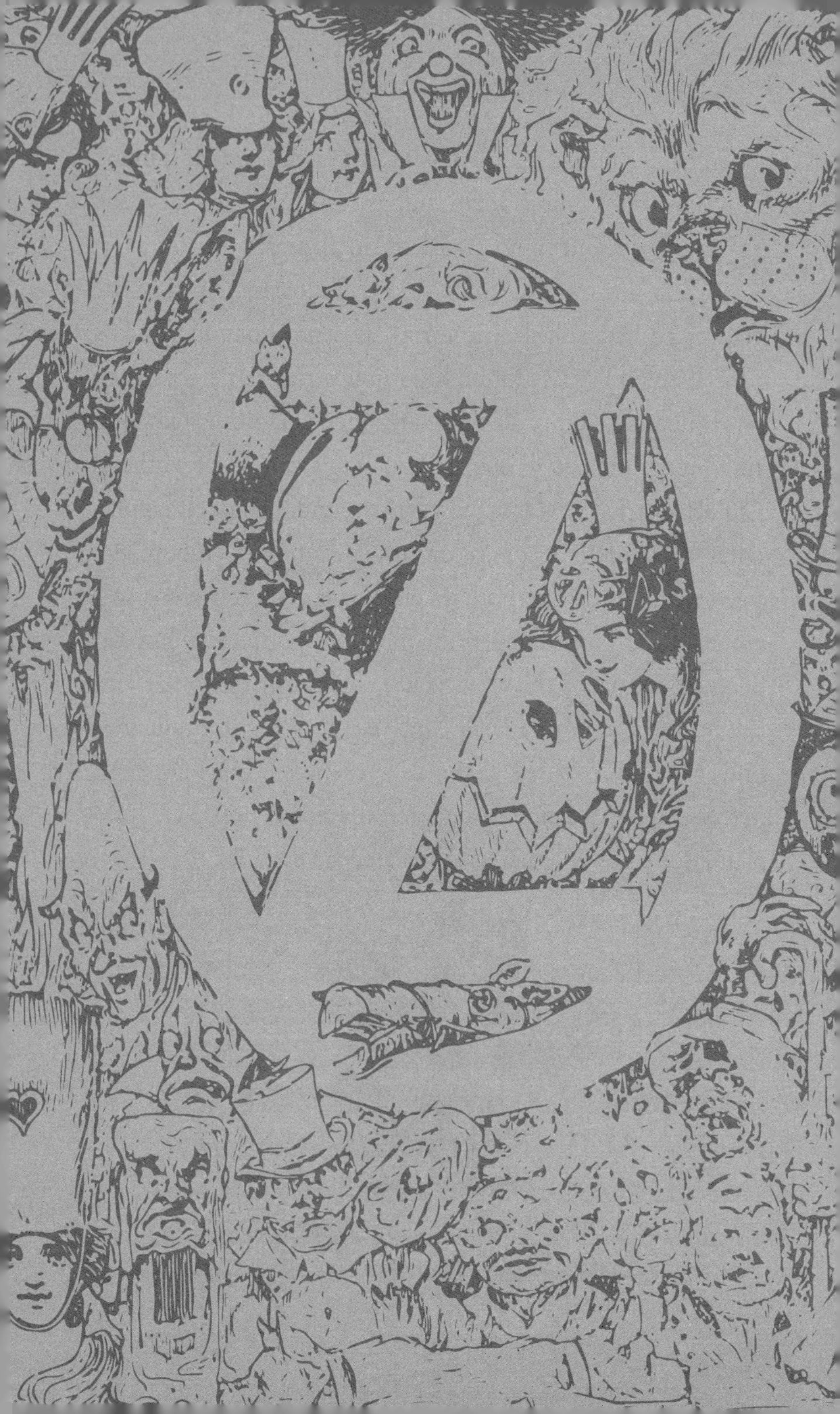

CAPÍTULO 19
AS BOAS-VINDAS DO HOMEM-FARRAPO

O Homem-Farrapo ficou parado no grande salão, com o chapéu desgastado em suas mãos, imaginando o que aconteceria com ele. Ele nunca fora hóspede em um palácio tão bonito, talvez nunca tenha sido hóspede em lugar algum. No mundo adulto e frio do lado de lá, as pessoas não convidavam o Homem-Farrapo para entrar em suas casas, e este nosso Homem-Farrapo dormira mais em palheiros e estábulos do que em quartos confortáveis. Quando os outros deixaram o grande salão, ele olhou para os criados esplendidamente vestidos da princesa Ozma como se estivesse esperando que pedissem que ele fosse colocado para fora, mas um deles curvou-se para ele com tanto respeito que ele se sentiu um príncipe. E o homem disse:

— Permita-me, senhor, conduzi-lo até seus aposentos.

O Homem-Farrapo respirou fundo e tomou coragem.

— Muito bem — respondeu ele. — Estou pronto.

Passaram pelo grande salão, subiram a escada coberta por um carpete grosso de veludo e andaram por um corredor comprido até chegarem a uma porta esculpida. Ali o criado parou e, abrindo a porta, disse com deferência educada:

— Fique à vontade para entrar, senhor, e para sentir-se em casa nos aposentos que nossa rainha Ozma pediu para que fossem preparados para o senhor. Tudo o que está aí dentro é para o senhor usar e aproveitar como quiser. A princesa janta às sete e eu estarei aqui a tempo de levar o senhor para nossa sala de visitas, onde terá o privilégio de conhecer a encantadora governante de Oz. Nesse meio-tempo, o senhor precisa que eu faça mais alguma coisa?

— Não — disse o Homem-Farrapo —, mas agradeço muito.

Ele entrou no quarto, fechou a porta e ficou por um tempo admirando a grandeza perante ele.

Ele havia recebido um dos mais belos aposentos no palácio mais magnífico do mundo, e não tenham dúvida de que sua sorte o deixou impressionado e maravilhado até ter se acostumado com o lugar.

A mobília tinha estofado dourado, com a coroa real bordada em púrpura. O tapete sobre o chão de mármore era tão grosso e suave que ele não conseguia ouvir o barulho de seus próprios passos, e sobre as paredes havia tapeçarias esplêndidas estampadas com paisagens da Terra de Oz. Livros e enfeites estavam espalhados por todos os lugares, e o Homem-Farrapo pensou nunca ter visto tantas coisas bonitas em um lugar só. Em um canto havia uma fonte jorrando água perfumada e em outro uma mesa com uma bandeja dourada repleta de frutas frescas, incluindo várias maçãs bem vermelhas, como o Homem-Farrapo adorava.

No canto mais distante deste aposento charmoso havia uma porta aberta e ele a atravessou e se viu em um quarto contendo mais confortos do que jamais pudera imaginar. A cabeceira da cama era de ouro e cravejada com muitos diamantes brilhantes, o cobertor tinha desenhos de pérolas e rubis bordados nele. De um lado do quarto havia uma bonita sala de vestir com armários que continham uma grande quantidade de roupas novas, e ainda mais para dentro havia um banheiro – um cômodo grande com uma banheira grande o suficiente para nadar nela, com degraus brancos de mármore para entrar ali. Em volta da beirada da banheira havia uma fileira de belas esmeraldas do tamanho de maçanetas de porta, e a água da banheira era cristalina.

Por um tempo o Homem-Farrapo ficou olhando para todo esse luxo com uma admiração silenciosa. Então decidiu, sendo esperto da sua maneira, se aproveitar da boa sorte. Tirou suas botas gastas e suas roupas maltrapilhas e tomou um banho na banheira com um raro prazer. Depois de ter se secado com as toalhas suaves, foi até o quarto de vestir e pegou uma roupa nova na gaveta e vestiu-a, notando que tudo lhe servia muito bem. Examinou o conteúdo dos armários e escolheu uma roupa elegante. Mas, por mais estranho que parecesse, tudo o que tinha ali era desarrumado, embora novo e bonito, e ele suspirou de satisfação ao perceber que poderia agora estar bem-vestido e ainda assim manter seu estilo desarrumado. Seu casaco era de veludo rosa, enfeitado com pelos, com botões de rubis vermelho-vivo e pelos dourados nas beiradas. Seu colete era de cetim peludo de cor creme bem delicada, e seus calções eram de veludo rosa, enfeitados como o casaco. Meias de seda peludas na cor creme, e chinelos peludos de couro cor-de-rosa com fivelas de rubi completavam sua vestimenta, e quando estava, então, todo vestido, o Homem-Farrapo olhou para sua imagem em um grande espelho com bastante admiração. Em uma mesa encontrou um baú de madrepérola decorado com vinhas prateadas delicadas e flores com rubi, e na tampa havia uma placa prateada onde era possível ler as seguintes palavras:

**O HOMEM-FARRAPO:
SUA CAIXA DE ADORNOS**

O baú não estava trancado, então ele o abriu e ficou quase ofuscado pelo brilho das joias ricas que ele continha. Depois de admirar o conteúdo encantador, pegou um bonito relógio dourado com uma grande corrente, vários anéis lindos e um enfeite de rubis para colocar no peito de sua blusa peluda. Depois de ter penteado com cuidado seu cabelo e suas costeletas, de maneira errada para que parecessem o mais bagunçados possível, o Homem-Farrapo respirou fundo com alegria e decidiu que estava pronto para conhecer a princesa real assim que ela o mandasse chamar. Enquanto esperava, voltou para a linda sala de espera e comeu várias maçãs vermelhas.

Enquanto isso, Dorothy havia colocado um lindo vestido cinza-claro enfeitado de prata e colocou um terno azul e dourado de cetim no pequeno Botão-Brilhante, que ficou parecendo tão doce quanto um querubim. Seguida pelo garoto e por Totó – o cachorro usava uma fita verde nova em volta do pescoço –, ela se apressou a descer até a esplêndida sala de visitas do palácio onde, sentada em seu trono requintado esculpido em malaquita e aconchegada entre as almofadas de cetim verde, estava a adorável princesa Ozma, esperando ansiosa para receber a amiga.

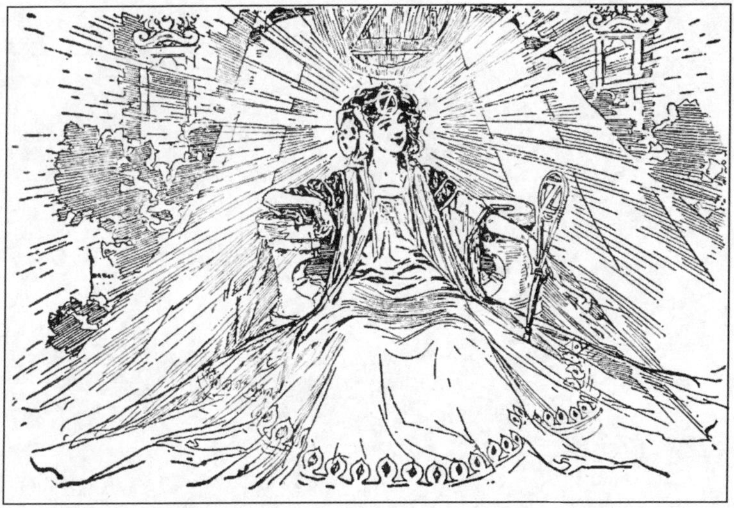

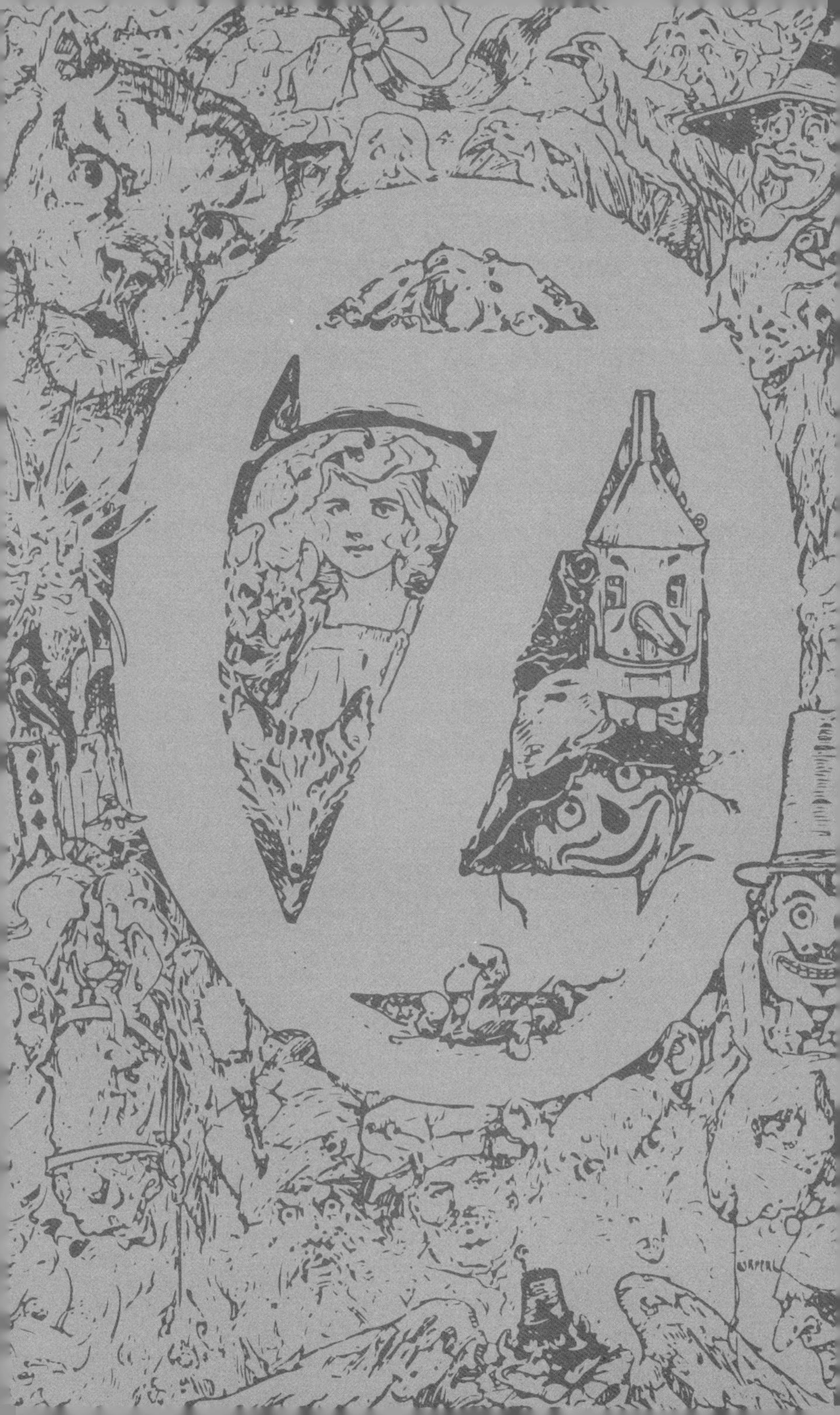

CAPÍTULO 20
A PRINCESA OZMA DE OZ

Os historiadores reais de Oz, que são excelentes escritores e conhecem um grande número de palavras bonitas, sempre tentaram descrever a rara beleza de Ozma e não conseguiram, porque suas palavras não eram boas o suficiente. Então, claro, não espero conseguir descrever a vocês o tamanho do charme dessa princesinha ou o quanto sua adorável pessoa deixava todas as joias brilhantes e o luxo magnífico que a cercava bastante sem graça. Tudo o que era lindo, delicado ou encantador perdia sua graça ao ser contrastado com o rosto fascinante de Ozma, e tem sido sempre dito por aqueles que a conhecem que nenhum outro governante no mundo pode almejar ter o charme gracioso de suas maneiras.

Tudo em Ozma atraía as pessoas e ela inspirava amor e o mais doce afeto do que simples respeito ou admiração.

Dorothy jogou seus braços em volta da pequena amiga e abraçou-a e beijou-a extasiante, Totó latiu de alegria e o Botão-Brilhante sorriu feliz e foi autorizado a se sentar nas almofadas suaves bem ao lado da princesa.

— Por que você não me avisou que ia fazer uma festa de aniversário? — perguntou a garotinha do Kansas, depois de ter cumprimentado a amiga.

— Não avisei? — perguntou Ozma, com seus lindos olhos dançando de alegria.

— Avisou? — continuou Dorothy, tentando se lembrar.

— Quem você acha, querida, que misturou aquelas estradas para que você começasse a andar na direção de Oz? — perguntou a princesa.

— Ah, nunca esperei que VOCÊ fizesse aquilo — exclamou Dorothy.

— Observei você no Quadro Mágico durante todo o caminho — declarou Ozma — e por duas vezes pensei em usar o Cinto Mágico para salvar você e trazê-la para a Cidade das Esmeraldas. Uma das vezes foi quando os Scoodlers capturaram vocês, e depois quando vocês chegaram no Deserto da Morte. Mas o Homem-Farrapo conseguiu ajudá-los nas duas vezes, por isso não interferi.

— Você conhece o Botão-Brilhante? — perguntou Dorothy.

— Não, nunca o tinha visto até você encontrá-lo na estrada, e depois só o vi no meu Quadro Mágico.

— E você enviou a Polly para nós?

— Não, querida. A filha do Arco-Íris escorregou do arco lindo de seu pai bem na hora em que encontrou vocês.

— Bom — disse Dorothy —, prometi ao rei Dox, de Vila das Raposas, e ao rei Kik-a-bray, de Burrolândia, que pediria para você convidá-los para sua festa.

— Já fiz isso — respondeu Ozma —, porque achei que você ficaria feliz em fazer um favor para eles.

— Você convidou o músico? — perguntou o Botão-Brilhante.

— Não, porque ele é muito barulhento e pode interferir no conforto dos outros. Quando a música não é muito boa, e é entregue o tempo todo, é melhor que o cantor fique sozinho — disse a princesa.

— Eu gosto da música do músico — declarou o garoto, com seriedade.

— Mas eu não gosto — disse Dorothy.

— Bom, teremos bastante música na minha comemoração — prometeu Ozma. — Acho, Botão-Brilhante, que você não vai sentir nenhuma falta do músico.

Neste momento Policromia entrou dançando, e Ozma levantou-se para cumprimentar a filha do Arco-Íris de sua maneira mais doce e cordial.

Dorothy pensou nunca ter visto duas criaturas tão lindas juntas, mas Polly soube logo de início que sua beleza delicada não podia ser comparada àquela de Ozma, e mesmo assim não sentiu nem um pouco de inveja por isso.

O Mágico de Oz foi anunciado e um homem magro, pequeno e velho, todo vestido de preto, entrou na sala de visitas. Seu rosto era alegre e seus olhos brilhavam com humor, então Polly e o Botãozinho Vermelho não sentiram nem um pouco de medo da maravilhosa pessoa cuja fama de mágico impostor já havia se espalhado por todo o mundo. Depois de cumprimentar Dorothy com bastante carinho, ele ficou parado modestamente atrás do trono de Ozma e escutou a animada conversa dos jovens.

Agora apareceu o Homem-Farrapo, e sua aparência era tão surpreendente, todo vestido com roupas desarrumadas novas, que Dorothy gritou "Oh!" e bateu palmas de maneira impulsiva ao observar seu amigo com prazer.

— Ele ainda é desarrumado, isso é verdade — observou o Botão-Brilhante, e Ozma balançou a cabeça alegremente, porque ela queria que o Homem-Farrapo continuasse desarrumado quando providenciou as roupas novas para ele.

Dorothy o levou até o trono, pois ele estava tímido por estar em uma companhia tão elegante, e apresentou-o graciosamente para a princesa dizendo:

— Este, sua alteza, é meu amigo, o Homem-Farrapo, que possui o Ímã do Amor.

— Você é bem-vindo em Oz — disse a garota governante, em tom gracioso. — Mas, diga-me, senhor, onde conseguiu o Ímã do Amor que você diz possuir?

O Homem-Farrapo ficou vermelho e olhou para baixo enquanto respondia com a voz baixa:

— Eu o roubei, vossa majestade.

— Ah, Homem-Farrapo! — exclamou Dorothy. — Que terrível! E você me disse que o esquimó tinha dado o Ímã do Amor para você.

Ele balançou, primeiro sobre um pé, depois sobre o outro, bastante envergonhado.

— Eu lhe contei uma mentira, Dorothy — disse ele. — Mas agora, depois que tomei banho no Lago da Verdade, não consigo dizer nada além da verdade.

— Por que você o roubou? — perguntou Ozma, delicadamente.

— Porque ninguém me amava ou se importava comigo — disse o Homem-Farrapo —, e eu queria ser muito amado. Ele pertencia a uma garota em Butterfield que era muito amada, por isso os jovens brigavam por causa dela, e ela se sentia infeliz com isso. Depois que roubei o Ímã dela, apenas um jovem continuou a amar a garota, e ela se casou com ele e reconquistou sua felicidade.

— Você se arrepende de ter roubado o Ímã? — perguntou a princesa.

— Não, vossa alteza, estou feliz — respondeu ele —, pois fiquei feliz por ser amado, e se Dorothy não se importasse comigo eu nunca a teria acompanhado até essa linda Terra de Oz, ou conhecido sua adorável governante. Agora que estou aqui, gostaria de ficar por aqui e me tornar um dos súditos mais fiéis de sua majestade.

— Mas em Oz somos amados pelo que somos, e por nossa gentileza com os outros, e por nossos bons atos — disse ela.

— Eu abro mão do Ímã do Amor — disse o Homem--Farrapo, com ansiedade. — Dorothy pode ficar com ele.

— Mas todos já amam Dorothy — declarou o Mágico.

— Então o Botão-Brilhante pode ficar com ele.

— Não quero — disse o garoto rapidamente.

— Então darei o Ímã para o Mágico, pois tenho certeza de que a adorável princesa Ozma não precisa dele.

— Todo o meu povo ama o Mágico também — anunciou a princesa, rindo. — Então vamos pendurar o

Ímã do Amor nos portões da Cidade das Esmeraldas. Assim, todos que entrarem ou saírem pelos portões serão amados e amáveis.

— É uma boa ideia — disse o Homem-Farrapo. — Concordo com isso de muito bom grado.

Todos os que estavam ali reunidos agora foram jantar, o que, como vocês podem imaginar, foi um grande evento, e depois Ozma pediu para que o Mágico desse uma amostra de sua mágica.

O Mágico pegou oito porquinhos brancos dentro de um bolso e colocou-os sobre a mesa. Um estava vestido como palhaço e realizou artimanhas engraçadas, e os outros pularam sobre as colheres e louças, e correram pela mesa como se fossem cavalos de corrida, e viraram molas manuais, e eram tão alegres e divertidos que mantiveram o grupo entretido e dando muitas risadas. O Mágico havia treinado seus bichinhos para fazer muitas coisas curiosas, e eles eram tão pequenos, tão astutos e tão suaves que Policromia adorou segurá-los quando eles passaram perto de seu lugar e acariciá-los como se fossem gatinhos.

Já era tarde quando a diversão terminou e o grupo se separou para ir para seus aposentos.

— Amanhã — disse Ozma — meus convidados chegarão e vocês encontrarão entre eles algumas pessoas interessantes e curiosas, garanto a vocês. No dia seguinte será o meu aniversário, e as festividades acontecerão no grande gramado do lado de fora dos portões da cidade, onde todo o meu povo pode se reunir sem que fique muito apertado.

— Espero que o Espantalho não se atrase — disse Dorothy, ansiosa.

— Ah, ele certamente vai voltar amanhã — respondeu Ozma. — Ele queria palha nova para colocar em seu corpo, então foi até a Terra dos Munchkin, onde tem bastante palha.

E então a princesa desejou boa-noite a seus convidados e se dirigiu a seus aposentos.

Oz

CAPÍTULO 21
DOROTHY RECEBE OS CONVIDADOS

Na manhã seguinte, o café da manhã de Dorothy foi servido em sua linda sala de estar e ela pediu para que chamassem Polly e o Homem-Farrapo para se juntarem ao Botão-Brilhante e a ela durante a refeição. Eles vieram felizes e Totó também tomou café da manhã com eles, de maneira que o pequeno grupo que havia viajado junto até Oz estava mais uma vez reunido.

Eles mal haviam terminado de comer quando ouviram ao longe o som de vários trompetes e uma banda tocando música marcial, e por isso todos se dirigiram até a varanda. A varanda ficava no lado da frente do palácio e se sobrepunha às ruas da cidade, pois era mais alta do que o muro que fechava os limites do palácio. Eles viram uma banda de músicos se aproximando do palácio, tocando o mais alto que conseguiam, enquanto as pessoas da Cidade das Esmeraldas se juntavam nas calçadas e aplaudiam com tanta força que o som de suas palmas quase encobria o barulho dos tambores e das cornetas.

Dorothy olhou para ver o que eles aplaudiam e descobriu que atrás da banda vinha o famoso Espantalho, cavalgando orgulhoso nas costas do Cavalete de madeira que desfilava pela rua quase tão graciosamente quanto se fosse feito de carne e osso. Seus cascos, ou melhor, as extremidades de suas pernas de madeira, eram cobertos de placas de ouro e a sela presa em seu corpo de madeira era ricamente bordada e brilhava cheia de joias.

Ao chegar ao palácio o Espantalho olhou para cima e viu Dorothy, e logo balançou seu chapéu pontudo para ela, para cumprimentá-la. Seguiu cavalgando até a porta da frente e então desceu. A banda parou de tocar, foi embora e a multidão retornou para suas residências.

Quando Dorothy e seus amigos entraram novamente no cômodo, o Espantalho já estava lá. Ele deu um abraço caloroso na garota e apertou as mãos dos outros com suas mãos moles, que nada mais eram do que luvas brancas cheias de palha.

O Homem-Farrapo, Botão-Brilhante e Policromia ficaram olhando para tal celebridade, que era conhecida por ser o homem mais popular e mais amado em toda a Terra de Oz.

— Ora essa, seu rosto foi pintado! — comentou Dorothy, quando os cumprimentos se encerraram.

— Fui um pouco retocado pelo fazendeiro Munchkin, que me criou — respondeu o Espantalho, com prazer. — Minha tez estava um pouco acinzentada e gasta, sabe, e a pintura tinha apagado em um canto da minha boca de maneira que eu não conseguia falar muito bem. Agora me sinto eu de novo e posso dizer sem nenhuma falta de modéstia que meu corpo está recheado com a mais adorável palha de aveia que existe em Oz.

Ele bateu no peito.

— Consegue ouvir meu barulho? — perguntou ele.

— Sim — respondeu Dorothy. — Você soa bem.

O Botão-Brilhante estava maravilhosamente atraído pelo homem de palha, assim como Polly. O Homem-Farrapo o tratou com grande respeito, pois ele tinha uma natureza bastante diferente.

Jellia Jamb então chegou para dizer que Ozma queria que a princesa Dorothy recebesse os convidados na Sala do Trono quando eles chegassem. A governante estava ocupada com os preparativos para as festividades do dia seguinte e por isso desejava que a amiga ocupasse o seu lugar.

Dorothy concordou prontamente, pois era a única outra princesa na Cidade das Esmeraldas, e então foi até a grande Sala do Trono e sentou-se no lugar de Ozma, colocando Polly em um lado dela e Botão-Brilhante do outro. O Espantalho ficou em pé à esquerda do trono e o Homem de Lata à direita, enquanto o Maravilhoso Mágico e o Homem-Farrapo ficaram atrás dele.

O Leão Covarde e o Tigre Faminto entraram, com novos laços de fita brilhantes em seus pescoços e rabos. Depois de cumprimentarem Dorothy com carinho, as grandes feras deitaram-se aos pés do trono.

Enquanto esperavam, o Espantalho, que estava perto do garotinho, perguntou:

— Por que você é chamado de Botão-Brilhante?

— Não sei — foi a resposta.

— Ah, você sabe sim, querido — disse Dorothy. — Conte ao Espantalho como você recebeu esse nome.

— Papai sempre disse que eu era brilhante como um Botãozinho, então mamãe sempre me chamou de Botão-Brilhante — respondeu o garoto.

— Onde está sua mamãe? — perguntou o Espantalho.

— Não sei — respondeu o Botão-Brilhante.

— Onde você mora? — perguntou o Espantalho.

— Não sei — disse o Botão-Brilhante.

— Você não quer encontrar sua mamãe de novo? — perguntou o Espantalho.

— Não sei — disse o Botão-Brilhante, calmamente.

O Espantalho parecia pensativo.

— Seu papai devia estar certo — observou ele —, mas, sabe, existem vários tipos de botões. Tem os botões de prata e os de ouro, que são muito polidos e brilham bastante. Tem os de pérola e os de plástico, e outros tipos ainda, cujas superfícies são mais ou menos brilhantes. Mas existe ainda um outro tipo de Botãozinho que é coberto com tecido sem brilho, e este deve ser o tipo de Botãozinho que seu papai pensou quando disse que você era tão brilhante quanto um Botãozinho, você não acha?

— Não sei — disse o Botão-Brilhante.

Jack, Cabeça de Abóbora, chegou, usando um par de luvas brancas novas, e trouxe um presente de aniversário para Ozma, que era um colar feito de sementes de abóboras. Em cada semente havia uma carrolita brilhante, que é considerada a pedra preciosa mais rara e linda que existe. O colar estava dentro de uma caixa felpuda e Jellia Jamb colocou-a em uma mesa junto com os outros presentes da princesa Ozma.

Em seguida veio uma mulher alta e bonita, usando um esplêndido vestido de noite, enfeitado com rendas requintadas e finas que pareciam teia de aranha. Era a feiticeira mais importante, conhecida como Glinda, a Boa, que tinha sido de bastante ajuda tanto para Ozma quanto para Dorothy. Não havia nenhuma charlatanice em sua magia, vocês podem ter certeza disso, e Glinda era tão gentil quanto poderosa. Cumprimentou Dorothy de maneira adorável, e beijou o Botão-Brilhante e Polly, sorriu para o Homem-Farrapo, e depois disso Jellia Jamb levou a feiticeira para um dos aposentos mais magníficos do palácio real e selecionou cinquenta criados para servi-la.

O próximo a chegar foi o senhor G. M. Besourão, T. I., sendo que "G. M." significa Grande e Magnífico e "T. I.", Totalmente Instruído. O Besourão era diretor do Colégio Real de Oz e compôs uma linda ode para o aniversário de Ozma. Ele queria ler a ode para eles, mas o Espantalho não permitiu.

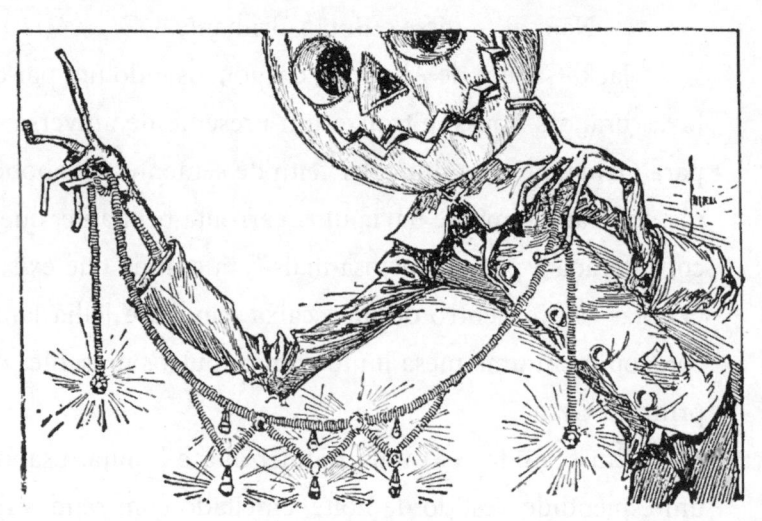

Logo depois eles ouviram um cacarejo e um coro de "piu, piu, piu, piu" e um criado abriu a porta para permitir que Billina e seus dez pintinhos entrassem na sala do trono. Enquanto a galinha amarela marchava orgulhosa à frente de sua família, Dorothy exclamou:

— Ah, que coisinhas adoráveis!

E saiu correndo de seu lugar para acariciar as bolinhas amarelas. Billina usava um colar de pérolas e em volta do pescoço de cada pintinho havia uma corrente dourada com um medalhão com a letra D desenhada do lado de fora.

— Abra os medalhões, Dorothy — disse Billina.

A garota obedeceu e encontrou uma imagem sua em cada medalhão.

— Eles receberam o seu nome, minha querida — continuou a galinha amarela —, por isso eu quis que todos os meus pintinhos usassem a sua imagem. Piu-piu! venham aqui, Dorothy – agora! — cacarejou ela, pois os pintinhos estavam todos espalhados e andando pelo grande salão.

Eles obedeceram ao chamado imediatamente e vieram correndo o mais rápido que conseguiam, balançando suas asas felpudas de maneira engraçada.

Foi sorte Billina ter juntado seus pequenos embaixo de suas asas naquele momento, pois Tik-Tok entrou e se dirigiu ao trono com seus pés de cobre.

— Estou cheio de corda e funcionando bem — disse o homem mecânico para Dorothy.

— Consigo ouvir o tique-taque dele — disse o Botão-Brilhante.

— Você está muito bem polido, cavalheiro — disse o Homem de Lata. — Fique aqui ao lado do Homem-Farrapo, Tik-Tok, e ajude a receber os convidados.

Dorothy colocou almofadas macias em um canto para Billina e seus pintinhos se acomodarem, voltou para o trono e sentou-se quando a banda real começou a tocar do lado de fora do palácio, anunciando a chegada de convidados importantes.

E, minha nossa, como eles ficaram boquiabertos esperando quando o mordomo real abriu as portas e os convidados entraram na sala do trono.

Primeiro entrou um Boneco de Gengibre muito bem-feito e assado com uma adorável tonalidade marrom. Ele usava um chapéu de seda e carregava um bastão de doce lindamente listrado em vermelho e amarelo. A parte da frente de sua camisa e seus punhos eram brancos e os botões de seu casaco eram gotas de alcaçuz.

Atrás do Boneco de Gengibre veio uma criança com cabelo de linho e olhos azuis alegres, vestindo pijamas brancos com sandálias em seus pés. A criança olhou ao redor sorrindo e colocou as mãos nos bolsos do pijama. Logo atrás dela entrou um grande urso de borracha, andando ereto sobre seus pés traseiros. O urso tinha olhos pretos brilhantes e seu corpo parecia ser recheado de ar.

Depois desses curiosos visitantes, vieram dois homens altos e magros e dois homens gordos e baixos, todos os quatro vestindo lindos uniformes.

O mordomo real de Ozma agora apressou-se em anunciar os nomes dos recém-chegados, dizendo em voz alta:

— Sua graciosa e mais comestível majestade, rei Dough, o Primeiro, governante dos dois Reinos de Hiland e Loland. Além disso, o Chefe Booleywag de sua majestade, conhecido como Chick, o Querubim, e seu fiel companheiro Para Bruin, o urso de borracha.

Tais grandes personagens fizeram uma reverência profunda quando seus nomes foram ditos, e Dorothy apressou-se a apresentá-los para o grupo que ali estava. Eles eram os primeiros convidados estrangeiros, e os amigos da princesa Ozma foram educados com eles e tentaram fazer com que eles se sentissem bem-vindos.

Chick, o Querubim, apertou as mãos de todos, incluindo Billina, e estava tão alegre, sincero e cheio de boa vontade que o Chefe Booleywag de John Dough logo se tornou o favorito deles.

— É um menino ou uma menina? — perguntou Dorothy, sussurrando.

— Não sei — respondeu o Botão-Brilhante.

— Minha nossa! Quantas pessoas esquisitas temos por aqui — exclamou o urso de borracha, olhando para o grupo.

— Você também é esquisito — disse o Botão-Brilhante, com seriedade. — O rei Dough é gostoso para se comer?

— Ele é gostoso demais para se comer — riu Chick, o Querubim.

— Espero que nenhum de vocês goste de biscoito de gengibre — disse o rei, bastante ansioso.

— Nunca pensaríamos em comer nossos visitantes, caso gostássemos do biscoito — declarou o Espantalho. —

Então, por favor, não se preocupe, pois você ficará em perfeita segurança enquanto estiver em Oz.

— Por que chamam você de Chick? — perguntou a galinha amarela para a criança.

— Porque sou um bebê de incubadora e nunca tive pais — respondeu o Chefe Booleywag.

— Meus pintinhos têm mãe, e eu sou a mãe deles — disse Billina.

— Fico feliz por isso — respondeu o Querubim —, pois eles poderão se divertir mais deixando você preocupada do que se tivessem nascido de uma incubadora. A incubadora nunca se preocupa, sabe.

O rei John Dough havia trazido de presente para Ozma uma adorável coroa de boneco de gengibre, com fileiras de pequenas pérolas em volta dela e uma linda pérola grande em cada uma de suas cinco pontas. Depois de o presente ter sido apropriadamente recebido e agradecido por Dorothy e colocado na mesa junto com os outros presentes, os visitantes de Hiland e Loland foram levados para seus aposentos pelo mordomo real.

Eles mal haviam saído quando a banda em frente ao palácio começou a tocar novamente, anunciando a chegada de mais convidados, e como estes sem dúvida eram de lugares distantes, o mordomo real apressou-se em voltar e recebê-los de sua maneira oficial.

CAPÍTULO 22
A CHEGADA DE CONVIDADOS IMPORTANTES

Primeiro entrou um grupo de Ryls que vinha do Vale da Felicidade, todas parecendo pequenas fadinhas felizes. Uma dezena de Knooks entortados chegou em seguida, vindo da grande Floresta de Burzee. Eles tinham bigodes longos, chapéus pontudos e dedos curvados, mas não passavam dos ombros do Botão-Brilhante. Com este grupo chegou um homem tão fácil de reconhecer e tão importante e adorado em todo o mundo, que todos os presentes se levantaram e inclinaram suas cabeças em uma homenagem respeitosa, mesmo antes de o mordomo real se ajoelhar e anunciar seu nome.

— O mais poderoso e leal amigo das crianças, sua alteza suprema, o Papai Noel! — disse o mordomo, com a voz maravilhada.

— Ora, ora, ora! É um prazer conhecer você, é um prazer conhecer todos vocês! — exclamou o Papai Noel, com energia, enquanto entrava na grande sala.

Ele era redondo como uma maçã, com o rosto rosado, olhos alegres e uma barba peluda e branca como a neve. Um manto vermelho adornado com um belo arminho pendia de seus ombros e em suas costas havia uma cesta cheia de lindos presentes para a princesa Ozma.

— Olá, Dorothy, ainda participando de aventuras? — perguntou ele de maneira alegre ao pegar a mão da garota em suas mãos.

— Como o senhor sabe meu nome, Papai Noel? — perguntou ela, sentindo, na presença desta pessoa imortal, a maior vergonha que já sentiu na vida.

— Ora, não vejo você em todas as noites de Natal, enquanto você dorme? — respondeu ele, deixando a bochecha dela vermelha.

— Ah, é verdade?

— E aqui está o Botão-Brilhante! — exclamou o Papai Noel, segurando o garoto no colo para beijá-lo. — Minha nossa, você está bem longe de casa!

— O senhor conhece o Botão-Brilhante também? — perguntou Dorothy, ansiosa.

— Conheço sim. Já visitei a casa dele em vários Natais.

— E o senhor conhece o pai dele? — perguntou a garota.

— Certamente, minha querida. Quem mais você pensa que traz para ele suas gravatas e meias de Natal? — respondeu ele com uma piscadinha marota para o Mágico.

— Então, onde ele mora? Estamos loucos para saber, porque o Botão-Brilhante está perdido — disse ela.

Papai Noel riu e colocou o dedo ao lado do nariz como se estivesse pensando na resposta. Ele se inclinou e sussurrou algo no ouvido do Mágico, e então o Mágico sorriu e balançou a cabeça demonstrando ter entendido.

Então, Papai Noel olhou para Policromia e foi até o lugar onde ela estava.

— Me parece que a filha do Arco-Íris está ainda mais longe de casa do que qualquer um de vocês — observou ele, olhando para a linda dama. — Vou precisar contar a seu pai onde você está, Polly, e pedir para que ele venha buscar você.

— Por favor, faça isso, querido Papai Noel — implorou a pequena dama, em tom de súplica.

— Mas por enquanto todos nós devemos ter momentos alegres na festa de Ozma — disse o velho cavalheiro, virando-se para colocar os presentes que trouxera sobre a mesa junto com os outros que já estavam lá.

— Não é sempre que consigo deixar meu castelo, sabem, mas Ozma me convidou e eu não pude deixar de vir comemorar uma ocasião tão alegre. — disse ele.

— Estou tão feliz! — exclamou Dorothy.

— Estas são minhas Ryls — disse ele, apontando para as pequenas fadinhas espalhadas em volta dele. O dever delas é pintar as cores das flores quando elas brotam e florescem, mas eu trouxe as camaradas alegres comigo para conhecerem Oz, e elas deixaram suas caixas de tintas para trás. Eu também trouxe esses Knooks tortos, que eu amo. Meus queridos, os Knooks são muito melhores do que parecem, pois o dever deles é regar e cuidar das árvores jovens da floresta, e fazem seu trabalho de maneira fiel e muito bem-feita. É um trabalho difícil, porém, e isso faz com que meus Knooks fiquem corcundas e nodosos, como as próprias árvores, mas o coração deles é grande e gentil, como é o coração de todos aqueles que fazem o bem em nosso lindo mundo.

— Já li sobre as Ryls e os Knooks — disse Dorothy, olhando para os pequenos trabalhadores com interesse.

Papai Noel virou-se para falar com o Espantalho e com o Homem de Lata e também disse uma palavra gentil para o Homem-Farrapo. Depois disso, saiu montado no Cavalete para andar pela Cidade das Esmeraldas.

— Pois — disse ele —, preciso ver as grandes paisagens enquanto estou aqui e tenho a oportunidade, e Ozma prometeu que me deixaria montar no Cavalete já que estou ficando gordo e com pouco fôlego.

— Onde estão as suas renas? — perguntou Policromia.

— Eu as deixei em casa, pois essa terra ensolarada é muito quente para elas — respondeu ele. — Elas estão acostumadas com o clima do inverno quando saem para viajar.

Em um segundo, ele desapareceu e as Ryls e os Knooks foram com ele, mas todos podiam ouvir o barulho dos cascos de ouro do Cavalete batendo no pavimento de mármore do lado de fora enquanto ele se afastava com seu nobre cavaleiro.

Neste momento a banda tocou novamente, e o mordomo real anunciou:

— Sua graciosa majestade, a rainha da Terra da Felicidade.

Todos olharam curiosos, pois queriam ver quem era essa rainha, e viram entrando na sala uma requintada boneca de cera usando um delicado vestido com babados e lantejoulas. Ela era quase do tamanho do Botão-Brilhante e suas bochechas, boca e sobrancelhas eram lindamente pintadas em cores delicadas. Seus olhos azuis eram um pouco arregalados, pois eram de vidro, ainda assim a expressão no rosto de sua majestade era bastante agradável e decididamente cativante. Acompanhando a rainha da Terra da Felicidade havia quatro soldados de madeira, dois à frente dela com muita dignidade e dois atrás, como se fossem guarda-costas reais. Os soldados eram pintados em cores vivas e carregavam armas de madeira, e atrás deles vinha um homem gordinho que logo atraiu sua atenção, embora parecesse modesto e reservado. Como ele era feito de doce, carregava um polvilhador cheio de açúcar, com o qual ele peneirava em si mesmo seu conteúdo com frequência para não grudar nas coisas que tocasse. O mordomo real o anunciou como "O Homem Doce da Terra da Felicidade", e Dorothy reparou que um de seus dedos parecia ter sido comido por alguém que gostava de doces e não conseguiu resistir à tentação.

A rainha boneca de cera conversou lindamente com Dorothy e com os outros, e enviou seus melhores votos para Ozma antes de se retirar para os aposentos preparados para ela. Ela havia trazido um presente embrulhado em papel de seda e amarrado com fitas rosa e azul, e um de seus soldados de madeira o colocou junto com os outros presentes. Mas o Homem Doce não foi para os seus aposentos, pois disse que preferia ficar ali e conversar com o Espantalho, o Tik-Tok, o Mágico e o Homem de Lata, que ele declarou serem as pessoas mais estranhas que ele já conheceu. O Botão-Brilhante estava feliz com o fato de o Homem Doce ter ficado na sala do trono, pois o garoto achou que o convidado tinha um cheiro delicioso de amora e xarope de bordo.

Agora o Homem de Tranças entrou na sala, pois teve a sorte de receber um convite para a festa da princesa Ozma. Ele vinha de uma caverna que ficava no meio do Vale Invisível e do País das Gárgulas, e seu cabelo e bigodes eram tão compridos que ele era obrigado a fazer várias tranças neles para que ficassem pendurados até a altura de seus pés, e cada trança era presa com uma fita colorida.

— Trouxe para a princesa Ozma uma caixa de vibrações — disse o Homem de Tranças, com entusiasmo. — Espero que ela goste, pois são as melhores que já produzi.

— Tenho certeza de que ela vai gostar muito — disse Dorothy, que se lembrava muito bem do Homem de Tranças, e o Mágico apresentou o convidado para o restante do grupo e pediu para que ele se sentasse em uma cadeira e ficasse em silêncio, pois, se fosse permitido, ele ficaria falando sem parar sobre suas vibrações.

A banda então tocou para receber um outro grupo de convidados e na sala do trono entrou a linda e majestosa rainha de Ev. Ao lado dela estava o jovem rei Evardo e junto com eles vinha toda a família real de cinco princesas e quatro príncipes de Ev. O Reino de Ev ficava do outro lado do Deserto da Morte, ao Norte de Oz, e Ozma e seu povo um dia resgataram a rainha de Ev e seus dez filhos que haviam sido capturados pelo rei Nomo, que os escravizou. Dorothy estivera presente nessa aventura, então cumprimentou a família real com cordialidade, e todos os visitantes ficaram felizes por encontrar a garota do Kansas novamente. Eles também conheciam Tik-Tok e Billina, assim como o Espantalho, o Homem de Lata, o Leão e o Tigre, então foi um encontro alegre, como vocês podem imaginar, e levou quase uma hora para que a rainha e seu grupo se retirassem para seus aposentos. Talvez eles não tivessem se retirado se a banda não começasse a tocar para anunciar novos convidados chegando, mas antes de saírem da grande sala do trono, o rei Evardo acrescentou aos presentes de Ozma um diadema de diamantes.

O próximo convidado era o rei Renard de Vila das Raposas: o rei Dox, como preferia ser chamado. Estava magnificamente vestido em um novo traje de penas e usava luvas brancas em suas patas, uma flor na casa do botão e seu cabelo estava repartido ao meio.

O rei Dox agradeceu a Dorothy fervorosamente por ter sido convidado a vir para Oz, algo que ele desejara durante toda a vida. Andou por todos os lados de maneira bastante ridícula enquanto era apresentado a todas as pessoas famosas que estavam reunidas na sala do trono, e quando soube que Dorothy era uma princesa de Oz, o rei Dox insistiu em se ajoelhar aos seus pés e depois se afastou de costas, algo perigoso de se fazer, pois ele podia ter batido sua pata e tombado.

Assim que ele se foi, as explosões de cornetas e as batidas de tambores e pratos anunciaram a chegada de outros visitantes importantes, e o mordomo real assumiu seu tom mais digno e abriu a porta para dizer com orgulho:

— Sua Sublime e resplandecente majestade, a rainha Zixi, de Ix! sua serena e extraordinária majestade, rei Bud de Noland. Sua real alteza, a princesa Fluff.

O fato de três altos e poderosos personagens chegarem juntos foi o suficiente para Dorothy e seus companheiros assumirem um ar solene e se comportarem em suas melhores maneiras, mas quando a excêntrica beleza da rainha Zixi surgiu perante seus olhos, eles pensaram nunca terem visto nada tão charmoso. Dorothy pensou que Zixi tinha uns dezesseis anos de idade, mas o Mágico sussurrou para ela que esta maravilhosa rainha já tinha milhares de anos de vida, mas conhecia o segredo para se manter sempre jovem e bela.

O rei Bud de Noland e sua delicada irmã loira, a princesa Fluff, eram amigos de Zixi, pois seus reinos eram vizinhos, então viajaram juntos desde seus domínios distantes para honrar Ozma de Oz na ocasião de seu aniversário. Trouxeram muitos presentes esplêndidos, de maneira que a mesa agora estava bastante cheia de presentes.

Dorothy e Polly adoraram a princesa Fluff desde o momento em que colocaram os olhos nela, e o pequeno rei Bud também era tão sincero e pueril que Botão-Brilhante o considerou seu amigo e não queria deixar que ele fosse embora. Mas já passava de meio-dia e os convidados reais precisavam se preparar para o grande banquete que aconteceria naquela noite, onde se reuniriam para encontrar a princesa governante desta terra encantada. Então a rainha Zixi foi levada para seus aposentos por um grupo de criadas lideradas por Jellia Jamb, e Bud e Fluff se retiraram para seus aposentos.

— Nossa! Que festa grande a de Ozma! — exclamou Dorothy. — Acho que o palácio vai ficar lotado, Botão-Brilhante, você não acha?

— Não sei — disse o garoto.

— Precisamos ir rápido para nossos aposentos para nos vestirmos para o banquete — continuou a garota.

— Eu não preciso me vestir — disse o Homem Doce da Terra da Felicidade. — Tudo o que preciso fazer é me polvilhar com açúcar.

— O Tik-Tok sempre usa as mesmas roupas — disse o Homem de Lata —, assim como o nosso amigo, o Espantalho.

— Minhas penas servem para qualquer ocasião — gritou Billina, do canto onde estava.

— Então preciso deixar vocês quatro para receber novos convidados que cheguem — disse Dorothy —, pois o

Botão-Brilhante e eu precisamos ficar bem bonitos para o banquete de Ozma.

— Quem ainda falta chegar? — perguntou o Espantalho.

— Bem, falta o rei Kik-a-bray, da Burrolândia, e Johnny, o Fazedor, e a Bruxa Boa do Norte. Mas Johnny, o Fazedor, talvez só chegue aqui mais tarde, ele está sempre tão ocupado.

— Daremos a eles as boas-vindas da maneira adequada — prometeu o Espantalho. — Então, apresse-se, pequena Dorothy, e arrume-se.

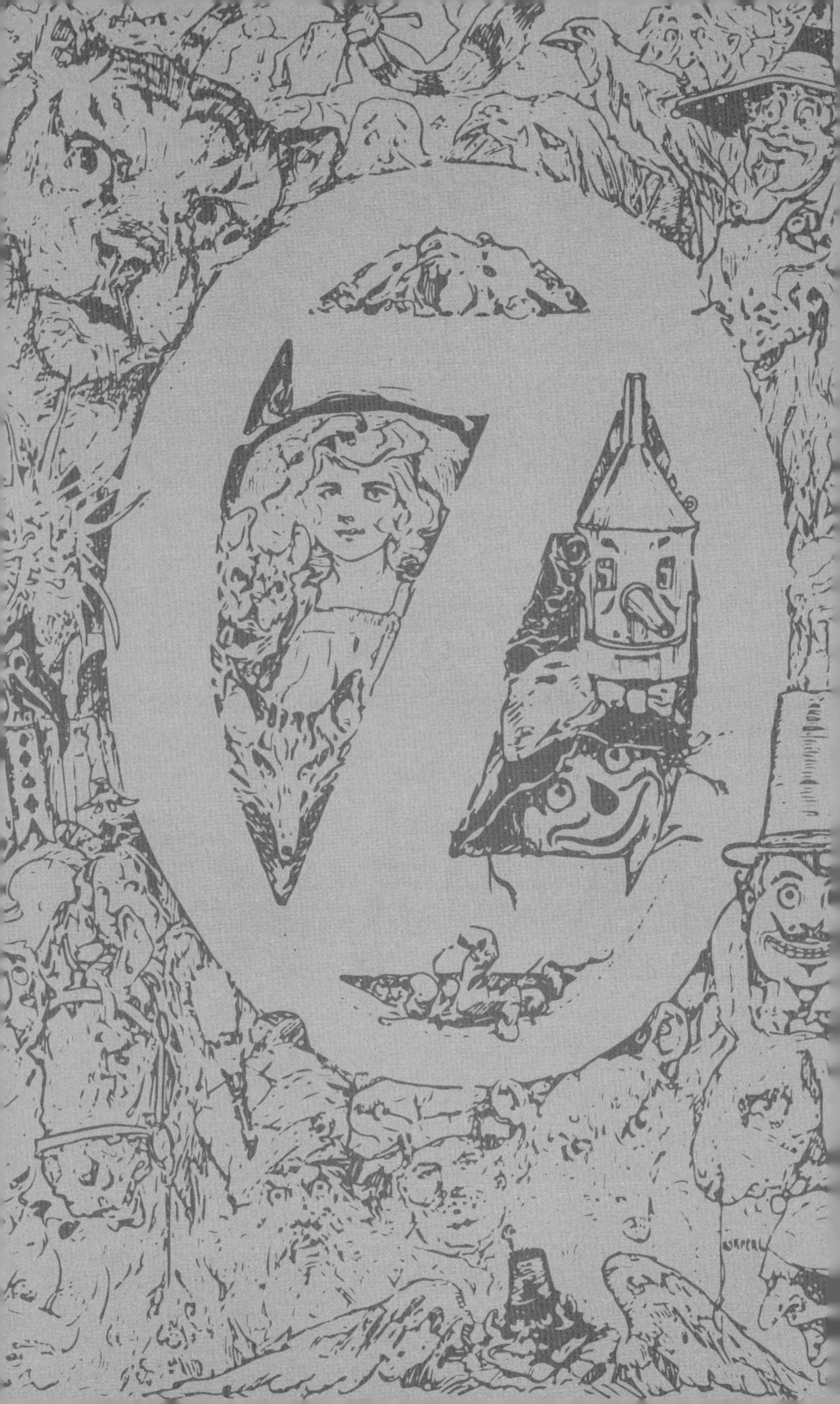

CAPÍTULO 23
O GRANDE BANQUETE

Eu gostaria de ser capaz de contar a vocês como estava elegante o grupo que se reuniu naquela noite para o banquete real de Ozma. Uma mesa comprida foi colocada no centro da grande sala de jantar do palácio e o esplendor da decoração e o brilho das luzes e joias foi reconhecido como sendo a visão mais magnífica que qualquer um dos convidados já tinha visto.

A pessoa mais feliz que estava presente, assim como a mais importante, era, claro, o velho Papai Noel, então foi dada a ele a honra de se sentar em uma ponta da mesa, enquanto na outra ponta estava sentada a princesa Ozma, a anfitriã.

John Dough, a rainha Zixi, o rei Bud, a rainha de Ev e seu filho Evardo, e a rainha da Terra da Felicidade tinham tronos dourados para se sentarem, enquanto os outros receberam lindas cadeiras.

Na ponta superior da sala de banquete havia uma mesa separada para os animais. Totó sentou-se rapidamente na ponta desta mesa com um babador amarrado em volta de seu pescoço e um prato de prata onde pudesse comer. Na outra ponta havia um pequeno suporte, com uma pequena calha em volta dele para Billina e seus pintinhos. A calha impedia que as dez pequenas Dorothys caíssem do suporte, enquanto a galinha amarela conseguia facilmente alcançar sua comida na travessa colocada para ela em cima da mesa. Nos outros lugares acomodaram-se o Tigre Faminto, o Leão Covarde, o Cavalete, o Urso de Borracha, o rei Raposa e o rei Burro, formando um belo grupo de animais.

No canto inferior da grande sala havia uma outra mesa, na qual sentaram-se as Ryls e os Knooks que acompanhavam o Papai Noel, com os soldados de madeira que vieram acompanhando a rainha da Terra da Felicidade, e os Hilanders e Lolanders que vieram com John Dough. Ali estavam também sentados os oficiais do palácio real e o exército de Ozma.

As lindas roupas daqueles acomodados nas três mesas eram uma manifestação magnífica e brilhante que nenhum dos presentes jamais esqueceria; talvez nunca tenha existido em nenhum lugar do mundo em algum momento uma outra reunião de pessoas tão maravilhosas como aquelas reunidas nesta noite para prestigiar o aniversário da governante de Oz.

Quando todos os membros do grupo estavam sentados em seus lugares, uma orquestra com quinhentos membros, em uma sacada que se sobrepunha à sala do banquete, começou a tocar uma música doce e agradável. Então uma porta pintada de verde se abriu, e a graciosa e feminina princesa Ozma entrou, cumprimentando seus convidados pessoalmente, pela primeira vez.

Quando parou em frente ao seu trono na ponta da mesa, todos os olhos se viraram avidamente para a adorável princesa, que estava tão digna quanto encantadora, e que sorria para todos os seus velhos e novos amigos de maneira que tocava o coração de seus convidados e fazia com que cada rosto lhe enviasse um sorriso de volta.

Cada convidado recebeu um cálice de cristal cheio de lacasa, que é um tipo de néctar famoso em Oz e mais gostoso do que água com gás ou limonada. Papai Noel fez um lindo discurso em verso, parabenizando Ozma por seu aniversário e pedindo a todos os presentes que fizessem um brinde pela saúde e felicidade de sua querida e adorada anfitriã. Isso foi feito com grande entusiasmo por aqueles que podiam beber, e aqueles que não podiam tocaram polidamente as beiradas de suas taças em seus lábios. Todos se sentaram à mesa, e os criados da princesa começaram a servir o banquete.

Tenho certeza de que apenas em uma terra encantada tal refeição pode ser preparada. As louças eram de metais preciosos cravados com joias brilhantes e as coisas boas para comer que eram colocadas nelas eram várias em número e tinham o sabor requintado. Vários dos presentes, como o Homem Doce, o Urso de Borracha, o Tik-Tok e o Espantalho, não comeram, e a rainha da Terra da Felicidade se satisfez com uma pequena porção de serragem, mas mesmo eles apreciaram a pompa e o brilho do banquete maravilhoso tanto quanto aqueles que se fartaram com a refeição.

O Besourão leu sua "Ode a Ozma", que foi escrita em um ritmo muito bom e foi bem-recebida pelo grupo. O Mágico ajudou no entretenimento ao fazer uma grande torta aparecer à frente de Dorothy e quando a garotinha cortou a torta, os nove porquinhos pularam de dentro dela e dançaram em volta da mesa, enquanto a orquestra tocava em um ritmo alegre. Isso divertiu bastante o grupo, mas eles ficaram ainda mais entretidos quando Policromia, cuja fome foi facilmente satisfeita, levantou-se da mesa e desempenhou sua graciosa e impressionante Dança do Arco-Íris para eles. Quando terminou, as pessoas bateram palmas e os animais bateram suas patas, enquanto Billina cacarejava e o rei Burro zurrava para demonstrar aprovação.

Johnny, o Fazedor, estava presente e, claro, provou que podia fazer maravilhas na arte de comer, assim como em todo o resto que se dispunha a fazer; o Homem de Lata cantou uma canção de amor, todos cantaram juntos o refrão, e os soldados de madeira da Terra da Felicidade fizeram uma demonstração com seus mosquetes de madeira, as Ryls e os Knooks dançaram em um círculo de fadas, e o Urso de Borracha saiu pulando por todo o salão. Houve risadas e alegria por toda parte e todos estavam se divertindo bastante. O Botão-Brilhante estava tão animado e interessado que prestou pouca atenção ao excelente jantar e muita atenção aos estranhos companheiros, e talvez ele fosse muito sábio por fazer isso, pois ele podia comer em qualquer outro momento.

O banquete e a alegria continuaram até tarde da noite, quando eles se separam para se reencontrarem na manhã seguinte e participarem da celebração de aniversário, da qual este banquete real era simplesmente a introdução.

CAPÍTULO 24
A COMEMORAÇÃO DE ANIVERSÁRIO

Um dia claro, perfeito, com uma brisa leve e um céu ensolarado recebeu a princesa Ozma quando ela acordou na manhã seguinte, o dia de seu nascimento. Embora ainda fosse cedo, toda a cidade estava agitada e multidões de pessoas vinham de todas as partes da Terra de Oz para testemunhar as festividades em comemoração ao aniversário da garota governante.

Os célebres visitantes de países estrangeiros, que haviam sido trazidos para a Cidade das Esmeraldas através do Cinto Mágico, eram uma atração à parte para os cidadãos de Oz, assim como as celebridades com as quais eles tinham familiaridade, e as ruas que saíam do palácio real e levavam para os portões cravejados de joias estavam abarrotadas de homens, mulheres e crianças que queriam ver a procissão passar a caminho dos campos verdes onde a cerimônia aconteceria.

E que bela procissão era aquela!

Primeiro vinham milhares de jovens garotas – as mais lindas da terra – vestindo musselina branca, com faixas verdes e fitas de cabelo, carregando cestas verdes com rosas vermelhas dentro. Enquanto passavam, espalhavam tais flores sobre o chão de mármore para que ele ficasse coberto de rosas para que a procissão passasse.

Então vieram os governantes dos quatro Reinos de Oz: o imperador dos Winkies, o monarca dos Munchkins, o rei dos Quadlings e a soberana dos Gillikins, cada um trazendo uma longa corrente de esmeraldas em volta do pescoço para mostrar que era um vassalo da governante da Cidade das Esmeraldas.

Em seguida marchou a Banda de Cornetas da Cidade das Esmeraldas, usando uniformes verde e dourado e tocando *Ozma Two-Step*. O Exército Real de Oz vinha logo depois, sendo composto por vinte e sete oficiais, do capitão General até os tenentes. Não havia soldados no Exército de Ozma, porque os soldados não precisavam lutar em batalhas, apenas parecer importantes, e um oficial sempre parece mais imponente do que um soldado.

Enquanto as pessoas aplaudiam e balançavam seus chapéus e lenços, lá vinha a princesa real Ozma caminhando, tão linda e doce que não era de se admirar seu povo amá-la tanto. Ela havia decidido que não faria o percurso em sua carruagem naquele dia, pois preferia caminhar no meio da procissão com seus súditos favoritos e com seus convidados. Bem à frente dela trotava o Tapete de Urso Azul pertencente a Dyna, que cambaleava desajeitado em suas quatro patas porque não havia nada além da pele para apoiá-las, com uma cabeça empalhada em uma ponta e um rabo atarracado na outra. Sempre que Ozma parava sua caminhada, o Tapete de Urso se esparramava no chão para que a princesa ficasse em cima dele até que voltasse a caminhar.

Atrás da princesa seguiam suas duas enormes feras, o Leão Covarde e o Tigre Faminto, e nem mesmo o exército precisou estar lá porque os dois eram poderosos o bastante para proteger sua senhora de qualquer mal.

Depois vieram os convidados, que, ovacionados pelo povo de Oz durante todo o caminho, foram obrigados a fazer reverência para a direita e outra para a esquerda quase a cada passo que davam. O primeiro era o Papai Noel, que, por ser gordo e não estar acostumado a caminhar, vinha montado no Cavalete. O alegre velhinho trazia uma cesta com pequenos brinquedos dentro dela e jogava os brinquedos um por um para as crianças pelas quais passava. Suas Ryls e seus Knooks marchavam logo atrás dele.

A rainha Zixi de Ix vinha depois, e então John Dough e o Querubim, com o urso de borracha chamado Para Bruin desfilando entre eles em suas patas traseiras, então a rainha da Terra da Felicidade, escoltada por seus soldados de madeira, logo atrás o rei Bud de Noland e sua irmã, a princesa

Fluff, então a rainha de Ev e suas dez crianças reais, depois o Homem de Tranças e o Homem Doce, lado a lado, em seguida o rei Dox de Vila das Raposas e o rei Kik-a-bray de Burrolândia, que agora já eram bons amigos, e finalmente Johnny, o Fazedor, com seu avental de couro, fumando seu longo cachimbo.

Essas personagens maravilhosas não foram mais aplaudidas pelo povo do que aquelas que os seguiram na procissão. Dorothy era a favorita de modo geral e caminhava de braços dados com o Espantalho, que era amado por todos. Depois vinha Policromia e o Botão-Brilhante, e o povo amou a linda filha do Arco-Íris e o lindo garoto de olhos azuis assim que os viu. O Homem-Farrapo, com seu novo terno peludo, atraiu bastante atenção porque ele era uma grande novidade. Com passos regulares pisava o homem mecânico Tik-Tok, e houve mais aplausos quando o Mágico de Oz apareceu na procissão. O Besourão e Jack, Cabeça de Abóbora, vinham em seguida, e atrás deles Glinda, a Feiticeira e a Bruxa Boa do Norte. Finalmente veio Billina, com sua ninhada, para quem ela cacarejava ansiosa pedindo que ficassem todos juntos e que se apressassem para não atrasar a procissão.

Uma outra banda vinha na parte de trás, dessa vez a Banda de Pratos de Lata do imperador dos Winkies, tocando uma marcha bonita chamada *Não existe nenhum prato melhor do que o de lata*. Então vieram os criados do palácio real, em uma longa fila, e atrás deles todo o povo se juntou à procissão e saiu marchando pelos portões de esmeraldas em direção ao amplo gramado.

Ali havia sido erguido um maravilhoso pavilhão, com uma tribuna grande o suficiente para acomodar todo o grupo real e aqueles que haviam participado da procissão. Sobre o pavilhão, que era de seda verde e tecido de ouro, inúmeras bandeiras balançavam ao vento. Bem à frente disso e conectado ao pavilhão por uma pista fora construída uma ampla plataforma para que os espectadores pudessem enxergar toda a diversão preparada para eles.

O Mágico agora tornou-se o mestre de cerimônias, pois Ozma havia deixado a condução das apresentações em suas mãos. Depois que todas as pessoas se acomodaram na plataforma e o grupo real e seus visitantes se sentaram na tribuna, o Mágico habilmente realizou alguns feitos de malabarismo com bolas de vidro e velas acesas. Ele jogou uma dezena ou mais delas bem alto no ar e pegou-as uma por uma, sem deixar nenhuma cair.

Então ele apresentou o Espantalho, que engoliu algumas espadas e despertou bastante interesse. Depois disso o Homem de Lata fez uma demonstração de balançar o machado, que ele girou em volta de si de maneira tão rápida que os olhos mal conseguiam acompanhar o movimento da lâmina brilhante. Glinda, a Feiticeira, subiu então na plataforma e através de sua mágica fez uma grande árvore aparecer no meio do espaço, colocou flores na árvore e depois transformou as flores em deliciosas frutas chamadas tamornas, e a quantidade de frutas era tão grande que quando os criados escalaram as árvores e as jogaram para a multidão, havia frutas suficientes para satisfazer cada pessoa ali presente.

Para Bruin, o urso de borracha, escalou um tronco da grande árvore, curvou-se em formato de bola e se jogou na plataforma, quando quicou e voltou para o tronco. Ele repetiu essa brincadeira de quicar várias vezes, para o grande deleite de todas as crianças presentes. Depois que terminou, fez uma reverência e voltou para o seu assento. Glinda então fez um movimento com a mão e a árvore desapareceu, mas suas frutas continuaram à disposição para serem saboreadas.

A Bruxa Boa do Norte entreteve as pessoas ao transformar dez pedras em dez pássaros, e então dez pássaros em dez carneiros, e depois dez carneiros em dez garotinhas que dançaram lindamente e foram então transformadas em dez pedras novamente, da maneira como eram no início.

Johnny, o Fazedor, subiu em seguida na plataforma com seu baú de ferramentas e em poucos minutos construiu uma máquina voadora, então colocou seu baú dentro da máquina e a coisa saiu voando – com Johnny e tudo o mais – depois de ele ter se despedido dos presentes e agradecido à princesa por sua hospitalidade.

O Mágico então anunciou a última apresentação, que foi considerada realmente maravilhosa. Ele havia inventado uma máquina para soprar enormes bolhas de sabão, do tamanho de um balão, e esta máquina estava escondida embaixo da plataforma, de maneira que apenas a beirada do grande tubo de argila que produzia as bolhas podia ser vista. O tanque de água com sabão e as bombas de ar que produziam as bolhas estavam escondidos lá embaixo, então quando as bolhas começaram a levantar do chão da plataforma, realmente pareceu mágica para as pessoas de Oz, que não conheciam nem as bolhas de sabão comuns com as quais nossas crianças brincam assoprando um tipo de cachimbo de plástico depois de molhá-lo em um tubo de água com sabão.

O Mágico havia inventado uma outra coisa. Normalmente as bolhas de sabão são frágeis e explodem com facilidade, durando apenas alguns minutos enquanto flutuam no ar, mas o Mágico adicionou um tipo de cola à água com sabão, o que deixou as bolhas rígidas, e, como a cola secava rapidamente ao ser exposta ao ar, as bolhas do Mágico eram fortes o suficiente para flutuar durante horas sem estourar.

Ele começou soprando – através de seu mecanismo e das bombas de ar – várias bolhas grandes que permitiu que flutuassem no céu, onde os raios de sol batiam e davam a elas tons iridescentes que eram lindos. Isso despertou bastante interesse e alegria, pois era um novo entretenimento para todos os presentes – com exceção, talvez, de Dorothy e Botão-Brilhante, e mesmo os dois nunca tinham visto bolhas de sabão tão grandes e rígidas antes.

O Mágico, então, soprou várias bolhas de sabão pequenas e depois uma bolha grande em volta delas, de maneira que elas ficaram no meio da bolha grande, e então permitiu que toda a grande massa de lindos globos flutuasse no ar e desaparecesse ao longe no céu.

— Isso é realmente muito bom! — declarou o Papai Noel, que adorava brinquedos e coisas bonitas. — Acho, Senhor Mágico, que vou pedir para você fazer uma bolha para mim, então posso voltar voando para casa e apreciar as terras embaixo de mim enquanto viajo. Não existe um lugar na terra que eu ainda não tenha visitado, mas normalmente viajo à noite, sendo levado pelas minhas rápidas renas. Aqui está uma boa chance de observar o país à luz do dia, enquanto viajo devagar e relaxado.

— Você acha que vai ser capaz de conduzir a bolha? — perguntou o Mágico.

— Ah, sim. Eu conheço magia o suficiente para fazer isso — respondeu o Papai Noel. — Você faz a bolha, comigo dentro dela, e certamente chegarei em segurança em casa.

— Por favor, me mande para casa em uma bolha também! — implorou a rainha da Terra da Felicidade.

— Muito bem, madame, a senhora pode ir primeiro — respondeu educadamente o velho Papai Noel.

A linda boneca de cera despediu-se da princesa Ozma e dos outros e ficou na plataforma enquanto o Mágico assoprava a grande bolha de sabão em volta dela. Quando terminou, permitiu que a bolha flutuasse devagar para cima e lá dentro era possível ver a pequena rainha da Terra da Felicidade em pé no meio dela, jogando beijos com a mão para aqueles que estavam lá embaixo. A bolha pegou a direção do sul e rapidamente não pôde mais ser vista.

— Essa é uma maneira muito boa de viajar — disse a princesa Fluff. — Eu também gostaria de voltar para casa em uma bolha.

Então o Mágico soprou uma grande bolha em volta da princesa Fluff e outra em volta do rei Bud, seu irmão, e uma terceira em volta da rainha Zixi, e logo as três bolhas estavam no céu flutuando juntas na direção do reino de Noland.

O sucesso dessas aventuras induziu os outros convidados das terras estrangeiras a se aventurarem em viagens em bolhas também, então o Mágico os colocou, um por um, dentro de suas bolhas, e Papai Noel direcionou o caminho que deveriam percorrer, pois ele sabia exatamente onde cada pessoa morava.

Finalmente, o Botão-Brilhante disse:

— Quero ir para casa também.

— Ora, então você vai! — exclamou Papai Noel —, pois tenho certeza de que seu pai e sua mãe ficarão felizes em vê-lo novamente. Senhor Mágico, por favor, faça uma bolha grande e linda para o Botão-Brilhante, e vou enviá-lo para casa para junto de sua família da maneira mais segura possível.

— Fico triste — disse Dorothy com um suspiro, pois ela gostava do pequeno companheiro —, mas talvez seja melhor o Botão-Brilhante ir para casa, pois os pais dele devem estar muito preocupados.

Ela beijou o garoto e Ozma fez o mesmo, e todos os outros acenaram para se despedir e desejar boa viagem ao garoto.

— Você está feliz em ir embora, querido? — perguntou Dorothy, um pouco triste.

— Não sei — respondeu o Botão-Brilhante.

Ele se sentou com as pernas cruzadas na plataforma, com seu chapéu de marinheiro na cabeça e o Mágico fez uma linda bolha em volta dele.

Um minuto depois ele estava no ar, navegando em direção ao oeste e na última vez que viram o Botão-Brilhante, ele ainda estava sentado no meio do globo brilhante acenando seu chapéu de marinheiro para os que estavam lá embaixo.

— Você vai viajar em uma bolha ou devo enviar Totó e você de volta para casa através do Cinto Mágico? — perguntou a princesa para Dorothy.

— Acho que vou usar o Cinto — respondeu a garotinha. — Tenho um pouco de medo dessas bolhas.

— Au-au! — disse Totó, aprovando a decisão da garota. Ele adorava latir para as bolhas quando elas saíam voando, mas não fazia questão de embarcar em uma delas.

Papai Noel decidiu ir em seguida. Ele agradeceu Ozma pela hospitalidade e desejou a ela muitas alegrias no seu dia. Então o Mágico fez uma bolha em volta de seu corpinho redondo e bolhas menores em volta de cada uma de suas Ryls e de seus Knooks.

Quando o gentil e generoso amigo das crianças subiu aos céus as pessoas aplaudiram alto, pois amavam muito o Papai Noel, e o homenzinho os ouviu através das paredes da bolha e acenou de volta enquanto sorria para eles. A banda tocou bravamente enquanto todos observavam a bolha até que ela se perdeu de vista por completo.

— E quanto a você, Polly? — perguntou Dorothy para a amiga. — Você tem medo de bolhas também?

— Não — respondeu Policromia, sorrindo. — Mas o Papai Noel prometeu falar com meu pai enquanto viaja pelo céu. Então talvez eu consiga chegar em casa de maneira mais fácil.

De fato, a pequena dama mal havia terminado de falar quando um brilho repentino tomou conta do céu, e enquanto as pessoas olhavam admiradas, a ponta do lindo Arco-Íris desceu devagar na plataforma.

Com um grito de alegria, a filha do Arco-Íris se levantou de seu assento e dançou na curva do arco, subindo gradualmente, enquanto as pregas de seu vestido transparente giravam e flutuavam em volta dela como uma nuvem e se misturavam com as cores do próprio Arco-Íris.

— Adeus, Ozma! Adeus, Dorothy! — gritou uma voz que elas sabiam ser de Policromia, mas agora a forma da pequena dama havia se misturado totalmente com o Arco-Íris e seus olhos não conseguiam mais vê-la.

De repente, a ponta do Arco-Íris se levantou e suas cores, devagar, desapareceram como uma névoa. Dorothy respirou fundo e virou-se para Ozma.

— Fico triste em perder Polly — disse ela —, mas acho que ela estará melhor ao lado de seu pai, pois mesmo a Terra de Oz não seria um lar para uma fada das nuvens.

— De fato, não seria — respondeu a princesa —, mas foi encantador para nós conhecer a Policromia e passar um tempo com ela, e, quem sabe, talvez encontremos a filha do Arco-Íris novamente um dia.

Agora que a diversão havia terminado, todos deixaram o pavilhão e formaram sua alegre procissão para voltar para a Cidade das Esmeraldas. Dos companheiros recentes de viagem de Dorothy sobraram apenas Totó e o Homem-Farrapo, e Ozma havia decidido permitir que o homem morasse em Oz, pelo menos por um tempo. Se ele provasse ser honesto e verdadeiro, ela prometeu dar a ele o direito de morar ali para sempre, e o Homem-Farrapo estava ansioso para conquistar esse direito.

Eles tiveram um jantar agradável e silencioso juntos e passaram uma noite divertida na companhia do Espantalho, do Homem de Lata, de Tik-Tok e da galinha amarela.

Ao se despedir, Dorothy beijou todos eles. Ozma havia concordado que, enquanto Dorothy dormia, ela e Totó seriam levados de volta para a caminha da garota na casa do Kansas através do Cinto Mágico e a garotinha riu ao pensar em quanto o Tio Henry e a Tia Em ficariam surpresos quando ela descesse para tomar o café da manhã com eles no dia seguinte.

Bastante contente por ter vivido uma aventura tão agradável, e um pouco cansada com toda a movimentação do dia, Dorothy pegou Totó no colo e deitou-se na linda cama em seus aposentos no palácio real de Ozma.

No momento, ela dorme profundamente.

INFORMAÇÕES SOBRE NOSSAS
PUBLICAÇÕES E ÚLTIMOS LANÇAMENTOS

f facebook.com/editorapandorga

📷 instagram.com/pandorgaeditora